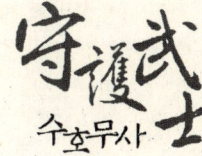

守護武士
수호무사

FANTASTIC ORIENTAL HEROES

각사 新무협 판타지 소설

수호무사 4

각사 新무협 판타지 소설

초판 1쇄 찍은 날 § 2011년 7월 6일
초판 1쇄 펴낸 날 § 2011년 7월 13일

지은이 § 각사
펴낸이 § 서경석

편집장 § 권태완
편집책임 § 어정원

펴낸곳 § 도서출판 청어람
등록번호 § 제1081-1-89호
등록일자 § 1999. 5. 31
어람번호 § 제2-2120호

주소 § 경기도 부천시 원미구 심곡2동 163-2 서경B/D 3F (우) 420-822
전화 § 032-656-4452팩스 § 032-656-4453
http://www.chungeoram.com
E-mail § chungeoram@chungeoram.com

ⓒ 각사, 2011

ISBN 978-89-251-2561-9 04810
ISBN 978-89-251-2484-1 (세트)

※ 파본은 구입하신 서점에서 교환하여 드립니다.
※ 저자와 협의하여 인지를 붙이지 않습니다.
※ 이 책은 도서출판 청어람과 저작자의 계약에 의해 출판된 것이므로,
  무단 전재 및 유포·공유를 금합니다.

守護武士

수호무사
4

각사 新무협 판타지 소설

FANTASTIC ORIENTAL HEROES

청어람

目次

…십사 년 전……	7
제1장 원치경을 만나다	15
제2장 쓰러지는 철혈검대	55
제3장 철혈무가로 돌아가다	85
제4장 돌아온 윤	101
제5장 적여립과 맞서다	127
제6장 염부심을 만나다	169
제7장 분노하는 적여하	195
제8장 적여하와 맞서다 (上)	223
제9장 적여하와 맞서다 (下)	247
제10장 염부심, 삼합회를 쓰러뜨리다	277
제11장 돌아온 곽한	305

…십사 년 전……

수호무사

강아지 한 마리가 열 살쯤 된 소년에게 재롱을 폈다.
핏빛처럼 붉은 털로 덮인 희한한 강아지였다.
"아적, 그만해! 두꺼비집 다 망가지잖아!"
소년이 사뭇 화난 음성으로 강아지를 나무랐다.
하지만 강아지는 소년의 타박에도 불구하고, 그가 쌓은 흙을 앞발로 거칠게 파헤쳤다.
"저리 안 가!"
"으르릉……. 앙! 앙!"
"저리 가라고!"
"앙! 앙! 으르릉!"
소년이 강아지를 밀치자 몸을 잔뜩 웅크리곤 소년의 오른손을 바라보며 사뭇 날카롭게 짖어댔다.
"아적, 너! 나랑 한번 해볼 참이야? 정말!"
"아앙……. 앙! 앙!"
소년이 짐짓 무서운 표정으로 강아지를 노려봤다.
하지만 강아지는 소년의 으름장에 아랑곳하지 않고 그를 향해 연신 짖어댈 뿐이었다.
"좋아! 아적, 너 이제 나한테 혼쭐이 날 줄 알아! 으르르르릉……."
갑자기 소년이 몸을 잔뜩 웅크리곤 가지런한 하얀 이를 드러냈다.
그 모습이 정말 강아지와 꼭 닮았다.
"앙! 앙! 앙!"
그러던 소년이 득달같이 강아지를 향해 달려들며 소리 높여 짖어댔다.
"앙! 앙!"
그 모습에 신이 났는지 강아지 또한 이리저리 펄쩍 뛰며, 소년을 향해 공격했다.

"저 아이입니까?"
멀리서 강아지와 뒤엉켜 놀고 있는 소년을 바라보며 무진강이 물었다.
"그렇습니다, 영주……."
백발의 장년인이 고개를 숙였다.

"밝군요."

"어디 밝다 뿐이겠습니까. 소영주의 영특함에 속하가 매번 혼쭐나기 일쑤입니다."

장년인의 얼굴에 흐뭇한 미소가 피어났다.

그러기를 잠시.

장년인이 무진강에게 조심스럽게 물었다.

"정말 얼굴도 안 보시고, 떠나시려 하십니까?"

"제가 무슨 면목이 있어 얼굴을 볼 수나 있겠습니까. 그저 이렇게라도 볼 수 있어 감사할 뿐입니다."

"영주, 그 무슨 말씀이십니까."

장년인이 마치 커다란 죄를 지었다는 양, 허리를 깊숙이 숙였다.

"후후……."

무진강의 입가에 씁쓸한 미소가 매달렸다.

"윤이가 좋은 친구를 얻었군요."

무진강이 범상치 않은 적모(赤毛)를 가진 강아지를 바라보며 중얼거렸다.

"보름 전, 어미를 잃은 적랑(赤狼)을 우연히 발견하여 그 모습 너무도 가여워 데려왔는데……. 혹 소영주께 해가 될까 고민이 이만저만이 아닙니다. 소영주께서 적랑을 너무도 좋아하셔서……."

장년인이 난처한 듯 표정을 굳혔다.

"윤이의 기운이 남달라 영물인 적랑조차도 그를 벌써 인정한 듯싶군요. 크게 걱정할 일은 없을 것입니다. 홀로 외로웠을 것인데, 하늘이 윤이에게 정말 큰 선물을 주었군요."

"정말 괜찮을지……."

말끝을 흐리는 장년인의 얼굴엔 걱정이 가시질 않았다.

"괜찮을 것이니, 걱정 마십시오."

무진강이 확신하자 장년인의 표정이 다소 누그러졌다.

그렇게 얼마의 시간이 흐르고.

"윤이를 저렇게 잘 키워주시다니. 그저 감사할 뿐입니다."

"속하, 당연히 해야 할 일을 했을 뿐입니다."

장년인이 송구하다는 듯 고개를 조아렸다.

"십 년의 세월이거늘, 아비인 제가 어찌 고마움을 표하지 않을 수 있단 말입니까."

"영주……."

아들을 눈앞에 두고도 다가갈 수 없는 무진강의 안타까움을 모를 리 없는 장년인이 더욱 고개를 숙였다.

"조금만 더 부탁을 드리겠습니다."

"부탁이라니, 그 무슨 섭섭한 말씀이십니까. 영주와 소영주의 희생으로 지켜진 천문이거늘……."

천문을 위해 아들까지 포기한 무진강과 지금껏 자신을 아버지로 여기고 있는 윤을 생각하자 장년인의 눈시울이 이내 붉어졌다.

'은영들의 희생으로 지켜진 천문이거늘……. 어찌 이것이

저희만의 희생이란 말입니까. 당치않습니다.'
 뒷짐을 진 채 허공을 바라보는 무진강의 얼굴이 무겁게 가라앉았다.

第一章 원치경을 만나다

수호무사

새벽 공기를 쐬는 건유운의 곁으로 윤이 슬쩍 다가섰다.

밤새 잠 한숨 못 잤는지, 건유운의 얼굴이 무척 푸석푸석했다.

"여, 영주……."

건유운이 놀란 기색을 감추지 않았다. 그런 그의 표정은 윤이 깨어났다는 반가움과 그의 안위에 대한 걱정으로 뒤죽박죽 엉켜있었다.

"시원하군요."

윤이 크게 심호흡하곤 짤막한 말을 내뱉었다.

담담한 표정과 차분한 음성이었다.

더불어 윤의 전신에서 풍기는 기운이 이전과 달리 무척 편안해 보였다.
"걱정 끼쳐 드려 정말 죄송합니다. 다친 곳은 없으십니까?"
모든 기억을 되살린 윤이 조심스럽게 물었다.
"속하는 괜찮습니다만……. 영주께서는?"
얼핏 봐도 그 상태가 좋아보였지만, 건유운은 윤을 통해 직접 확인을 하고 싶었다.
그 마음을 읽었는지 윤이 곧바로 대답했다.
"은영사주께서 막아주신 덕분에 이렇게 건강해졌습니다. 감사합니다."
"영주, 지, 진정?"
"후후후……."
건유운이 눈시울까지 붉히며 말을 더듬자 윤이 그를 향해 밝은 미소를 지어보였다.
"더 이상 철부지 영주는 없을 것입니다. 그동안 이 못난 저를 지켜주시느라, 고생이 많았습니다."
"고, 고생이라니, 당치않습니다."
아직도 감격이 가시지 않았는지, 건유운의 음성이 여전히 떨리고 있었다.
"은영께서는 어떠십니까?"
윤이 걱정이 가득한 음성으로 입을 열었다.
노적위의 안위를 물음이었다.
"다행히 큰 고비는 넘겼습니다. 다만 그 내상이 중해 완치까지는 시일이 좀 걸릴 듯합니다."

"그래도 다행이군요."

윤은 마음을 무겁게 짓누르던 걱정이 다소 풀리는 기분이었다.

그리곤 이내 물었다.

"묻고 싶은 것이 있습니다. 그날 저와 검을 섞었던 그 복면인은 누구입니까?"

윤의 뇌리로 천상성의 기운이 폭주하던 그날의 기억이 또렷했다.

그리고 전율적인 힘을 뿜어내던 한 사내.

아직까지 그 힘의 여운이 윤의 머릿속에 생생했다.

"은영삼주입니다."

"으음……. 역시 그랬군요."

자신의 예상이 적중하자 윤이 고개를 가볍게 끄덕였다.

"은영삼주께서는 어찌 되었습니까?"

건유운의 천력거장을 맞고 기억을 잃은 터라 그 후의 상황을 알지 못하는 윤이 물었다.

"그것이……."

건유운이 말끝을 흐리자 윤의 표정이 이내 딱딱하게 굳어졌다.

행여 은영삼주에게 문제가 발생했을까, 걱정이 일었던 까닭이다.

'쉽게 쓰러지실 분이 아니거늘…….'

은영삼주의 능력이 얼마나 대단한지 직접 경험을 했기에 윤이 내심 중얼거렸다.

"아무래도 적지 않은 내상을 입은 것 같습니다."

"치료도 않고 떠나셨단 말입니까?"

"워낙 경황이 없었던지라……."

또다시 말끝을 흐리는 건유운.

윤은 듣지 않아도 그가 내뱉지 못한 말이 무엇인지 알 수 있었다.

자신 때문이었으리라.

이들에게 자신의 목숨보다 중요한 것이 무엇인지 너무도 잘 알고 있기에, 윤은 그것이 늘 미안했다.

"영주, 그는 은영삼주입니다. 큰 걱정은 안 하셔도 될 것입니다."

윤의 걱정을 덜어내려 건유운이 입을 열었다.

"예. 그러겠습니다."

자신이 걱정을 드러내면 건유운이 신경을 쓸 것이기에, 윤 또한 큰 걱정이 없는 듯 마음에도 없는 말을 내뱉었다.

"그나저나 아가씨께서는?"

"잠들었습니다."

"많이 피곤하실 것입니다. 잠 한숨 못 주무시고, 줄곧 영주의 곁을 지켜주셨습니다."

무유화의 지극정성을 지켜본 건유운이 낮은 음성으로 말을 했다.

"그랬군요. …며칠이나 지난 것입니까?"

"나흘입니다."

"나흘······."

윤이 홀로 중얼거렸다.

그러다 무슨 생각이 났는지 그가 물었다.

"안우문 대장으로부터 전갈은 없었습니까?"

"이곳으로 와 상황을 수습하고 길을 나섰습니다. 함께 머물겠다는 것을 아가씨께서 거부하셨습니다."

"시신들은?"

"그 또한 안우문이 처리하였습니다."

"어찌 생각하십니까?"

윤이 건유운의 두 눈을 담담히 바라보며 물었다.

그 눈빛이 심연처럼 무척 깊었다.

"염부심과 적여립이 철혈무가로 돌아왔다고 하더군요. 혈불을 내세웠던 계획이 어긋나자, 아무래도 적여립이 염화탁을 도운 것 같습니다. 염부심을 내세워 철혈무가를 포섭하겠다는 계획인 것 같습니다. ···영주의 생각은 어떠십니까?"

"저 또한 은영사주의 생각과 같습니다. 그리고 철혈무가를 포섭한 후, 백도련을 차지하겠다는 뜻이겠지요. 그리되면······. 으음······."

윤은 더 이상 말을 잇지 못했다.

천외천도 힘에 벅찬 상대이거늘, 백도련까지 상대할 생각을 하니 걱정이 앞섰던 까닭이다.

더군다나 최악의 경우, 가족이라 할 수 있는 철혈무가와도

피를 흘려야만 한다면…….
 윤의 마음이 이내 답답해졌다.
 "백도련과 관계가 어색해진 삼합회의 마음을 움직여보는 것이 어떻겠습니까?"
 "명성도 없는 우리가 어떻게 그들을 움직일 수 있단 말입니까?"
 윤이 의아하다는 듯 물었다.
 "아가씨와 이시백 선배께서 전면으로 나서신다면 가능할 수도 있을 것입니다."
 "위험한 일이군요."
 무유화의 안전과 관계된 일이라면 우선 고개부터 젓는 윤이었다.
 윤의 마음을 잘 아는지라, 위험하다는 말에 건유운도 더 이상 입을 열지 않았다.
 "예전 전대 영주께서 말씀하시길 천외천주의 내상을 완치하려면 화령지체의 영기가 필요하다 들었습니다. 유화의 영기가 조만간 극성에 다다를 것입니다. 되도록이면 유화를 위험에 노출시키는 일은 없었으면 합니다. 아무것도 모르는 유화입니다. 유화에게 예전의 삶을 돌려주고 싶을 뿐입니다. 전대 영주께서 제가 남긴 말씀이기도 하셨지요."
 "저의 생각이 짧았습니다."
 건유운이 이내 자신의 잘못을 깨닫고 고개를 숙였다.
 "이럴 때 전대 영주께서 계셨더라면 어떤 결단을 내리셨을

까요?"

"으음······."

윤의 독백과도 같은 중얼거림에, 건유운이 가벼운 신음을 내뱉었다.

"어쨌든 저로 인해 시간이 많이 지연된 것 같습니다. 속히 길을 나서야 할 것 같습니다."

윤이 이내 화제를 바꾸며 입을 열었다.

"바로 준비토록 하겠습니다."

        *   *   *

청도문(靑刀門).

한눈에 봐도 새것으로 보이는 현판이다.

그리고 곳곳의 담장과 전각들도 부분부분 새것으로 덧대져, 그래서 오히려 더 안타까운 모습이다.

삼합회 제남지부의 공격으로 적지 않은 타격을 받은 모습이 역력했다.

"먼 예까지 오시느라 정말 수고가 많으셨습니다. 이 어찌 감사를 드려야 할지······."

청도문주 제삼수가 안우문을 향해 정중히 포권을 취하며 인사를 했다.

"오랜만입니다. 강녕하셨는지요."

안우문 또한 깊은 예로 제삼수에게 인사했다.

그리곤 곧바로 무유화 쪽을 가리키며, 안우문이 입을 열었다.

"인사하시지요. 이분이 바로 무유화 아가씨입니다."

안우문이 말하자 제삼수가 무유화를 향해 잽싸게 포권을 취했다.

"말씀은 많이 들었습니다. 청도문의 문주인 제삼수라고 합니다."

"처음 뵙겠습니다. 무유화라 합니다."

"초행길이실 텐데, 얼마나 놀라셨겠습니까. 정말 고생이 많으셨습니다. 어디 다치신 곳은 없습니까?"

이미 삼합회의 공격이 있었다는 사실은 소문을 통해 전해들은 제삼수가 걱정이 가득 담긴 음성으로 말을 했다.

"아닙니다. 전 괜찮습니다. 걱정해 주셔서 감사드립니다."

"그래도 무탈한 것을 보니, 그나마 마음을 놓을 것 같습니다. 어쨌든 여독이 많이 쌓이셨을 테니 어서 안으로 드십시오. 조촐하나마 연회를 준비했습니다."

정말 조촐한 연회인줄 알았는데, 막상 연회장에 들어서고 보니 그야말로 잔치가 따로 없었다.

기둥 하나는 뽑았음직한, 너무도 성대한 그 모습에 무유화의 미간이 절로 좁혀졌다.

몇몇 이들은 그 모습에 입을 딱 벌리며 좋아했지만 대부분의 사람들은 그 표정이 썩 좋지 않았다.

아무리 귀한 손님이라 하나 문파의 생존이 오락가락하는 마당에 이런 연회라니.

청도문주의 마음을 이해 못하는 것은 아니지만 그래도 조금 과한 것 아닌가 하는 생각이 대부분의 사람들의 공통된 마음이었다.

"껄껄껄! 이토록 환대를 해주시다니, 그저 감사할 뿐입니다. 문주……."

자신을 위해 준비한 연회가 마음에 들었는지, 안우문이 유쾌하게 웃음을 터뜨렸다.

"행여 마음에 안 드실까, 걱정이 이만저만이 아니었는데, 하하! 그렇게 생각해 주시니, 오히려 제가 감사할 따름입니다. 대장."

안우문의 곁에 붙어 그의 비위를 맞추는 제삼수.

사람들은 그 하나의 모습만 봐도 철혈무가와 청도문의 위치가 어떤지를 실감할 수 있었다.

그리고 현재 청도문의 상황이 얼마나 절실한지 또한 가슴에 와닿았다.

연회는 밤새 계속 됐다.

먹고 마시는 몇몇 이들에겐 더없이 즐거운 시간이었지만, 눈살을 찌푸렸던 대부분의 인물들에게는 한없이 불편한 자리였다.

그렇게 길던 연회가 마침내 파하자 철혈무가의 무사들은 청도문주가 정성스럽게 마련한 각자의 거처로 돌아갔다.

"대장, 대장, 대장······. 참내! 아가씨는 아예 안중에도 없더만. 과거의 의리 따위는 아예 필요도 없는 세상이 되어버렸어. 그만큼 권력이란 것이 참 무서운 것이겠지. 정말 이젠 염화탁의 세상이란 말인가. 이거야 원, 어떻게 생각하냐? 사형······."
윤과 함께 머물게 된 가오성이 씁쓸한 표정으로 물었다.
"사제도 그 권력을 얻기 위해 불철주야로 뛴 적이 있었잖아."
"내가 언제 그랬어? 그땐 그냥, 그런 척한 거지. 인마. 아니, 사형."
가오성은 꼬박꼬박 말끝에 사형이란 말을 붙였다.
혈불을 쓰러뜨리고, 의식을 차린 후부터의 일이다.
윤 또한 그 후부터는 아무런 거부감 없이 가오성을 향해 사제라 불렀다.
둘 사이에 그 어떤 말도 오간 적이 없거늘, 마치 약속이나 한 듯, 둘은 서로를 향해 사형, 사제라 부르기 시작했다.
"그나저나 아직도 믿겨지지가 않아."
가오성이 이마를 긁적이며 중얼거렸다.
"뭐가?"
"내가 혈불을 쓰러뜨리다니······. 내가 그 마두를 정말 쓰러뜨린 거 맞지, 사형?"
"후후······."

윤이 가벼운 미소로 대답을 대신했다.

"야, 이제 죽는구나 생각하니까 갑자기 노야의, 아니, 스승님의 얼굴이 떠오르더라고. 얼굴을 뵈니, 차마 죽을 수가 없겠더라."

침상에 벌러덩 드러누워 천장을 바라보며, 가오성은 그 당시를 회상하며 엷은 미소를 지었다.

그러던 그가 미소를 싹 지우며 조용히 중얼거렸다.

"보고 싶다."

가오성의 눈가에 용노야를 향한 그리움이 가득했다.

"괜한 상념에 빠지지 말고, 얼른 몸이나 추슬러. 남한테 짐 되는 꼴 보이면 내가 가만 놔두지 않을 테니까."

"아이구야! 어련하시겠습니까, 사형."

"후후후……."

가오성이 내공을 많이 쌓은 것도 아닐 텐데, 이상하게도 그의 회복속도는 빨랐다.

그것이 조금 의아했지만, 그래도 윤은 참 다행스러운 일이라 생각했다.

"근데 말이야, 사형."

가오성이 신형을 힘겹게 일으키곤 윤의 곁으로 잰걸음으로 다가와 입을 열었다.

"우리 꼭 철혈무가로 돌아가야 하는 거야?"

건성건성 던진 질문이었지만, 가오성이 윤에게 던진 의미는 매우 컸다.

"결국 중전의 목적은 우리라는 건데……. 그렇다고 아가씨만 돌려보낼 수도 없는 노릇이고. 쩝! 어렵네, 어려워."
"아직 시간이 있으니까, 좀 더 생각해 보자고."
윤 또한 고민이 아닐 수 없었다.
그렇다고 뾰족한 답을 내놓을 수도 없었다.
가오성의 말처럼 정말 어렵기 그지없는 일이었다.
"은영들이 대략 몇 명이야, 사형?"
가오성의 물음에, 윤이 고개를 가로저었다.
자신도 잘 모른다는 의사표현이었다.
"그들의 도움을 받아서 염화탁을 무너뜨리면… 아니지, 아니지. …으음, 천외천이라? 하늘 위의 하늘. 썅! 이름은 더럽게 거창하네."
가오성이 골똘히 생각에 잠겼다.
그러던 그가 윤에게 물었다.
"가만, 근데 걔네는 뭐하는 애들이냐, 사형?"
"말하자면 길어. 자세한 내막은 나도 잘 모르고……."
"적위를 죽음 직전까지 몰고 가다니……. 정말 그놈들 장난 아니잖아. 대체, 천외천에는 그런 놈들이 몇 명이나 있을까? 한… 다섯? 열? 스물? 백? 아니, 백은 너무 많다."
윤도 궁금하긴 마찬가지였다.
그리고 더 궁금한 것은 은영칠주들의 실력이었다.
천령들과 손을 섞어본 결과, 그들의 무위는 어느 정도 가늠할 수 있었다.

하지만 은영칠주들의 무위는 여전히 짐작하기가 어려웠다.
듣기론 천령들의 무위는 은영칠주와 그 어깨를 견줄 정도라 했는데, 천령 중 한 명인 원령이 건유운에게 쩔쩔매던 모습을 생각하니, 꼭 그런 것만은 아닌 듯했다.
"으음……."
생각이 거기까지 미치자 윤이 고개를 가로저었다.
윤이 지금까지 지켜본 건유운은 상상 이상의 힘을 지닌 사람이었다. 적어도 천령들보다는 위면 위였지, 결코 동급은 아니란 확신이 들었다.
어쨌든 윤은 점점 천외천의 인물들과 마주칠 시간이 왔음이 느껴졌다.
한편으로는 두려움도 없지 않았지만, 그와 반대로 자신감도 생겼다. 점점 더 강해지는 전신의 뜨거움이 당장에라도 폭발할 것만 같았다. 천문의 내력이 살성의 기운을 조금씩 품을수록 그 뜨거움은 더해갔다.
그 느낌이 싫지 않았다.
그토록 들끓던 살성이 잠잠해지자 마음의 평정도 되찾을 수 있었다.
'아직은 때가 아니라 했다.'
순간 건유운의 말이 윤의 뇌리를 파고들었다.
그때는 몰랐는데, 이제야 그 말뜻이 무엇을 의미하는지 조금씩 알 것 같았다.

* * *

 백도련을 대표해 도움을 주러 온 철혈검대의 존재만으로도, 청도문의 기세는 하늘까지 닿을 듯했다.
 이 기세라면 삼합회 제남지부는 물론이거니와, 삼합회 본단까지 멸문을 시킬 수 있을 것 같았다.
 조반을 마치기 무섭게 회의에 참석한 청도문 수뇌들의 표정은 어제와 달리 무척 밝았다.
 그들은 회의를 주관하는 안우문의 존재만으로도 제남지부와의 싸움은 이미 끝난 것이라 확신했다.
 회의는 막힘없이 진행되었다.
 그렇기에 특별한 것도 없고, 어려운 것도 없었다.

 그 시각.
 죽립을 깊이 눌러쓴 두 사내가 멀찍이 떨어진 장소에서 청도문의 정문을 바라보고 있었다.
 거인이라 불릴 만한 장대한 체구의 도삼과 그 덩치 평범하기 그지없는 원치경이었다.
 "……."
 도삼이 덩치에 안 맞게 뭐 마려운 강아지마냥 발을 동동 구르며 원치경에게 생떼를 썼다.
 "형님, 제발 그냥 갑시다."
 "흐음……."

원치경은 도삼의 말을 들은 체도 안했다.

그러자 열불이 솟구친 도삼이 언성을 버럭 높였다.

"지금 제정신이우!"

"제정신이다."

원치경이 딱 부러지는 음성으로 대꾸했다.

"제정신인 사람이 지금! 저 문을 넘자고 말했소? 달랑 우리 둘이서?"

"뭐가 잘못됐느냐? 어차피 한 번은 부딪혀야 할 일. 그 시일이 느리면 어떻고, 빠르면 또 어떨 것이냐. 내가 보기엔 둘 다 매일반이거늘."

원치경이 태연한 음성으로 가락을 읊듯 떠들었다.

그 모습에 더욱 부아가 치민 도삼이 죽립을 냅다 벗어 바닥에 내팽개치곤 고래고래 악을 썼다.

"아! 썅! 난 몰라! 뒈지시려거든 혼자 뒈지쇼! 왜 앞길 창창한 멀쩡한 동생까지 저승길로 못 데려가서 안달인 거유!"

"남들이 다 보는구나. 그리고 멀쩡한 죽립은 왜 벌써 내버리는 게냐? 햇살도 뜨거운데……."

"하아……. 뭘 봐. 저리 안 꺼져! 콱, 그냥!"

도삼이 자신을 바라보는 사람들을 무섭게 쏘아보며 윽박을 질러댔다.

그러자 도삼을 이상한 눈으로 쳐다보던 사람들이 걸음아 나 살려라 하며 후다닥 도망을 쳤다.

"대관절 사람들이 무슨 죄가 있다고, 그러는 게냐? 사람이 사람을 쳐다보는 것이 죄는 아니질 않느냐."
 "하아, 지금 저랑 장난치십니까, 형님……?"
 도삼이 독이 잔뜩 오른 눈빛으로 원치경의 두 눈을 똑바로 바라봤다.
 "그러다 한 대 칠까, 무섭구나."
 "하아……. 형님, 제에발! 우리 이러지 맙시다. 그냥, 가자고요. 제, 제, 제발요."
 그토록 흉포한 인상을 쓰던 도삼이 갑자기 치기어린 표정을 지으며 칭얼댔다.
 "알았다."
 도삼의 고집을 꺾을 수 없었던지 원치경이 굳은 표정으로 짧게 말했다.
 그에 도삼의 얼굴에 화사한 꽃이 핀 건 당연한 일이었다.
 그런데.
 "넌 그냥 가거라. 난 들어간다. …그럼 다음에 보도록 하자."
 자신이 할 말만 내뱉곤 냉정히 걸음을 옮기는 원치경.
 그 모습에 도삼의 얼굴은 타다 남은 숯처럼 까맣게 변해버렸다.

 "게 서시오. 무슨 일로 오신 누구요?"
 청도문의 정문을 지키던 한 문도가 다가서는 원치경을 멈춰 세우곤 물었다.

아까부터 저 멀리서 수상한 짓거리를 하는 것을 봤기에, 문도의 얼굴엔 의심이 가득했다.

"청도문의 문제를 함께 의논하러 온, 삼합회 제남지부를 맡고 있는 지부장입니다."

"삼합회 제남지부 지부장? 하하하! …허! 내 살다 살다 별 미친놈을 다 보겠네."

정문을 지키던 청도문 문도가 웃음을 딱 멈추곤 기가 막혔는지 들릴 듯 말 듯 욕설을 퍼부었다.

하지만 그 욕설은 고스란히 원치경의 귓속으로 파고들었다.

"믿지 않으시는군요."

"믿을 말을 해야 믿지. 이 사람아, 세상천지에 미치지 않고서야 삼합회 제남지부 지부장이 이 상황에 왜 청도문을 찾아와! …엥! 저건 또 뭐야?"

청도문의 문도가 완전히 풀이 죽은 채로 원치경을 뒤따라온 도삼을 힐끗거리며 중얼거렸다.

"내 동생이오."

"정말 가지가지들 한다. 어이, 이보쇼들, 당신들 혹시 이거 아니오?"

청도문 문도가 검지를 관자놀이 부근에서 빙빙 돌리며 물었다.

"네, 맞습니다. 물론 저는 그게 아닌데, 제 형님께서 얼마 전부터 오락가락하십니다. …그럼 안녕히 계시고 수고하십시오. 날도 더운데……."

갑자기 도삼이 끼어들며, 원치경의 오른팔을 낚아챘다.
그런데 그 순간.
"본 적이 있을 텐데요."
원치경이 죽립을 벗곤 청도문의 문도를 가만히 바라봤다.
'허, 허헉!'
청도문 문도의 입이 절로 쩍 벌어졌다.
두 어깨까지 벌벌 떠는 모양새가, 원치경의 말마따나 그의 얼굴을 아는 눈치였다.
"휴우……."
순간 원치경의 팔을 낚아채려던 도삼의 우수에 힘이 쫙 빠져버렸다.
툭—
"나도 본 적 있지? 한 번이라도 본 적 있으면, 그만 조용히 비켜라. 지금 내 기분이 아주 더럽거든. 자칫 뒈질 수도 있으니까."
도삼이 죽립을 바닥에 툭 내던지며 어쩔 수 없다는 듯 말을 했다.
그러자 청도문 문도의 두 눈은 더욱 화등잔만 하게 커졌다.
장대한 체구와 흉신악살과 같은 인상.
그리고 저 대머리.
꿈에서라도 만날까 무서운 모습.
감히 잊을 수 없는 도삼이었다.
"그럼 실례하겠소."

원치경이 청도문 문도에게 정중히 포권을 취한 뒤, 정문을 넘었다.

그리고 그 뒤를 힘없이 뒤따르던 도삼이 허리를 잔뜩 굽히곤 청도문 문도의 귀에 대고 가만히 속삭였다.

"귀찮으니까 호각 같은 건 불지마라. 그리고 햇살도 뜨거운데, 저건 너 써라. …새 거다. 믿어도 된다. 내 며칠 전에 거금을 들여 구입한 거거든. 그럼, 수고."

도삼이 문도의 어깨를 툭툭 건드리곤 이내 원치경을 뒤따라 청도문의 정문을 넘어섰다.

* * *

청도문이 발칵 뒤집혔다.

원치경과 도삼의 출현은 아무도 예상하지 못한, 그만큼 뜻밖의 일이었던 까닭이다.

원치경과 도삼이 청도문의 대전을 넘어서기도 전에, 긴 호각성이 울렸다.

그 호각성을 듣자마자 도삼이 짜증을 확 부렸다.

"쌍! 정말! 새 거라니까!"

도삼의 욕설이 터지고 얼마 지나지 않아 한 떼의 인영이 구름처럼 몰려들었다.

"……."

살벌한 기세가 곳곳에서 뿜어져 나왔다.

원치경과 도삼을 에워싼 청도문 문도들의 두 손엔 벌써부터 서슬 퍼런 도가 들려져 있었다.
하지만 원치경은 담담한 표정으로 전방만 바라볼 뿐이었고, 도삼은 떡하니 팔짱을 낀 채 원치경을 향해 불평만 투덜투덜 늘어놓을 뿐이었다.
"이제 어쩔 거유?"
"어쩌긴. 살 방법을 궁리해봐야지."
"뭐, 뭐요? 그럼, 아무런 방도도 강구하지 않고 무작정 찾아왔다는 말이오? 정말 미친 거 아니오?"
도삼이 깜짝 놀라 두 눈을 치켜떴다.
"그러게 먼저 가라니까."
"허어……."
도삼이 기가 막혔는지 헛바람을 들이켰다.
"그간 안녕하셨습니까?"
원치경이 뒤늦게 당도한 제삼수을 향해 포권을 취하며 인사를 건넸다.
하지만 돌아온 대답은 노기가 가득한 일갈뿐이었다.
"네 이놈! 네놈이 알아서 저승의 문을 두드렸구나!"
쌓인 분노가 너무 커서일까, 제삼수의 두 눈이 금방 붉게 물들었다.
"저자입니까?"
안우문이 예리한 시선으로 원치경과 도삼의 전신을 쓸어보며 물었다.

"그렇습니다. 저놈이 바로 청도문을 공격한 제남지부의 지부장입니다."

"으음……."

안우문이 표정을 잔뜩 일그러뜨리곤 신음성을 내뱉었다.

지금 일어난 상황을 도무지 이해할 수가 없었기 때문이다.

제 발로 청도문을 찾아오다니.

미치거나 아니면 정말 죽고 싶어 환장하지 않고서야 이럴 수는 없었다.

"싸우러 온 것이 아닙니다. 그저 어떤 분을 뵙고, 제 말을 좀 들어주십사 이렇게 찾아온 것입니다."

"놈! 뒤에서 모략이나 일삼는 놈들의 말을 내 어찌 믿을 수 있겠느냐!"

제삼수가 내력이 담긴 일갈을 내질렀다.

"문주, 고정하십시오. 제 발로 찾아온 이상 도주할 곳은 없으니, 잠시 저들의 의중이 무엇인지 파악하는 것도 나쁘지 않다 생각됩니다."

"으음……."

안우문의 설득에 제삼수가 노기를 가까스로 억누르며 입을 닫아버렸다.

그런 그의 얼굴은 점점 더 붉게 달아올랐다.

"그대가 제남지부장인가?"

"그렇습니다."

안우문이 묻자 원치경이 짧게 대답했다.

"싸우러 온 것이 아니다? 좋다. 그 말을 믿는다치자. 그래, 누구를 만나러 온 것인가? 나인가?"

안우문은 당연히 원치경이 찾는 사람이 자신일 것이라 생각했다.

그런데.

"그대가 책임자입니까?"

"책임자?"

"그렇습니다. 전 이번 일을 지휘하는 책임자를 만나러 온 것입니다."

순간 안우문의 표정이 묘하게 일그러졌다.

실질적인 책임자는 분명 자신이었지만, 명목상으로는 무유화였기 때문에, 원치경이 만나려 하는 사람이 누구인지 확신이 서질 않았던 것이다.

"그대가 책임자입니까?"

원치경이 재차 물었다.

"나일 수도 있고, 아닐 수도 있네."

"말씀이 애매모호하시군요. 그럼 제가 감히 말씀을 드리겠습니다. 전 무유화 아가씨를 뵈러 왔습니다."

'뭐라? 무유화!'

순간 안우문의 표정에 싸늘한 한기가 어렸다.

반면 무유화는 원치경의 황당한 말에 깜짝 놀라 고운 아미를 찡그렸다.

비단 놀란 건 그녀뿐만이 아니었다.

청도문주 제삼수의 놀람도 이만저만이 아니었고, 아니, 원치경의 말을 들은 대부분의 사람들이 놀란 두 눈을 치켜뜨기에 바빴다.

"지금 이 순간 이후로 제 목숨은 그대들의 선택에 맡기겠습니다. 그리고 싸우지 않겠다는 의지가 거짓이 아님을 증명하기 위해 제 검을 이곳에 놓고 가겠습니다."

그 말의 진위여부를 떠나 원치경의 배포만큼은 인정할 만했다.

"쌍! 왜, 내 목숨까지 형님이 마음대로 하려는 게요! 난 싫소! 난 죽어도 내 도를 안 내려 놓을 거요!"

도삼이 펄쩍 뛰며 소리를 질렀다.

"내가 언제 따라오라 그랬더냐? 내가 아까 가라 하지 않았더냐. 네 발로 직접 따라온 것을, 왜 나한테 책임을 덮어씌우려 하는 게냐. 그리고 도를 내려놓든 말든 그건 네 마음이 아니냐. 난 그저 살기 위해 검을 내려놓는 것이다. 죽기는 너무 이르지 않더냐. 가끔은 병기를 내려놓는 것이 사는 길이 될 수도 있음이다. 어쨌든 난 저들과 싸울 자신이 없구나. …그럼 이따 보자."

"허어……."

자신의 독문병기를 아무렇지도 않게 내팽개치고 걸음을 성큼 옮기는 원치경의 모습에 도삼은 그만 할 말을 잃고 말았다.

그렇게 몇 걸음을 옮긴 원치경이 한 지점에 우뚝 선 채 무유화를 향해 입을 열었다.

그러자 모든 이의 시선이 자연스럽게 무유화에게 향했다.
"저를 만나주시겠습니까?"
"으음……."
무유화가 아랫입술을 잘근 깨물곤 주위를 둘러봤다.
그렇게 잠시 고민하던 그녀가 당차게 대답했다.
"네, 만나겠습니다."
"아가씨!"
순간 안우문의 눈꼬리가 길게 찢어졌다.
"안 되는 것입니까? 아무리 명목상이지만, 결정권은 제가 가지고 있는 것으로 아는데. 그것이 가주께서 내린 명이 아니었습니까?"
"그, 그건 그렇지만……."
무유화의 말이 옳은지라 안우문은 아무런 대꾸도 할 수 없었다.
하지만 이대로 물러섰다간 큰일이라도 날 것 같아 안우문이 간곡한 어조로 입을 열었다.
"자칫 저들의 암수에 커다란 봉변을 당할 수도 있습니다. 혈불의 무리를 암중에서 조종한 것도 모자라 또 다른 암습을 준비해 아가씨를 공격한 극악무도한 놈들입니다. 어찌 저런 시정잡배보다 못한 놈들의 말을 곧이곧대로 받아들이시려 하십니까?"
"혈불요? 그랬군요. 저희를 공격했던 자가 혈불이란 자였군요. 저도 몰랐던 사실이거늘, 대장께서는 아주 잘 알고 계시는군요."

"그, 그건 정성도가 알려주어……."

"정 무사가요?"

무유화의 눈매가 순간 매섭게 빛났다.

하지만 이내 표정을 풀며 그녀가 입을 열었다.

"어쨌든 그 문제는 나중에 다시 이야기하도록 하지요. 그리고 전 저들을 믿는 것이 아닙니다. 말씀을 드렸듯, 제가 믿는 건 월하정의 무사님들뿐입니다. 아시겠습니까?"

"아가씨!"

분노인지, 걱정인지 모를 거친 음성이 안우문의 입에서 터져 나왔다.

하지만 그런 그를 싸늘히 외면하며, 무유화가 자신의 말을 이었다.

"더 하실 말씀 있습니까?"

"크흠……."

"없으시면 저들을 만난 후 찾아뵙도록 하지요. 필조장님, 제 거처로 저들을 좀 안내해 주시겠습니까?"

"예, 아가씨."

"부탁드리겠습니다."

무유화가 한 마디를 내던지곤 이내 신형을 돌려세웠다.

그 모습을 안우문이 분기탱천한 두 눈으로 쏘아봤다.

* * *

제삼수가 무유화를 위하여 준비한 거처는 역시나 특별했다.

내실에 비치된 장식품과 침구류 등등, 모든 것이 최고급품들로 무척 화려했고, 그 크기 또한 다른 거처와는 비교도 안 될 정도로 넓었다.

"워~ 장난 아니네. …형님, 이곳에 와보니 제남지부는 완전 거지 소굴인데요."

무유화의 거처로 들어선 도삼이 원치경의 귀에 대고 속삭였다.

"본단에서 내려온 자금 대부분을 네가 중간에서 날름했으니, 그런 것이 아니겠느냐. 그 돈의 일부만 투자를 했더라도 건물 꼴이 그렇지는 않았을 게다."

"누가 나만 잘 먹고, 잘 살자고 그런 겁니까? 다 형님 좋으라고 그런 것이 아닙니까?"

"누가 들으면 정말인줄 알겠구나."

"그럼 정말이지, 거짓입니까?"

귓속말로 티격태격 싸우는 도삼과 원치경.

의아한 일이지만, 맨 몸뚱이로 적의 소굴에 들어왔음에도, 그들의 얼굴에서 긴장감은 찾을 길이 없었다.

그것이 못내 수상한 월하정의 무사들이었다.

"앉으세요."

뒤늦게 거처로 들어온 무유화가 자리를 권하자 원치경과 도삼이 가볍게 감사의 포권을 취했다.

'가까이서 보니 선녀가 따로 없네. 예쁘다, 정말로…….'

도삼이 멍한 표정으로 무유화의 얼굴을 물끄러미 바라봤다.

그런 그의 시선이 부담스러웠는지, 무유화가 흔한 인사치레도 없이 곧바로 본론을 꺼냈다.

"제게 하고 싶다는 말이 무엇입니까?"

"그래도 처음 뵙는 자리인데, 인사 정도는 해야……."

"목적이 무엇입니까?"

월하정 무사들 중 유일하게 자리에 앉아 있는 윤이 무유화를 대신해 재차 물었다.

"쌰……. 거참, 더럽게 딱딱하게 구네. 어린놈의 새끼가……."

도삼이 들릴까 말까 한 소리로 투덜댔다.

하지만 그 음성을 못 들을 윤이 아니었다.

아니, 무유화와 윤의 뒤에 떡하니 팔짱을 끼고 있는 가오성과 은영들 또한 도삼의 음성을 똑똑히 들을 수 있었다.

"햐아~ 령령아, 저 새끼 지금 뭐라 했냐? 뭐 저딴 새끼가 다 있냐. 아주 뒈지고 싶어, 간을 배 밖으로 꺼낸 놈 아니냐? 저거……."

순간 가오성이 어이가 없는지 대놓고 들으라는 듯 령령의 귀에 대고 떠들었다.

"다들 조용히 하세요."

그때 무유화가 제법 위엄있는 음성으로 주위의 소란을 잠재웠다.

그러자 내실의 공기가 거짓말처럼 착 가라앉았다.
'오우! 제법인데! 피는 못 속인다는 건가!'
도삼이 놀란 두 눈을 뜨고 무유화를 다시 봤다.
"으음……."
분위기가 무거워진 탓일까. 원치경이 이제야 상황 파악이 되는지, 짐짓 표정을 굳히며 신음성을 흘렸다.
그리곤 그가 이내 입을 열었다.
"본인은 삼합회 제남지부를 책임지고 있는 원치경이라고 합니다. 제가 목숨을 담보로 아가씨를 찾아뵌 것은 다름이 아니오라……. 근데 차 같은 건 없습니까? 아니면 술이라도? 긴장이 돼서 그런지 목이 좀 칼칼해서……. 으음, 제가 괜한 말을 했나 봅니다."
그러고 보면 탁자 위가 그렇게 썰렁할 수 없었다.
아무리 적이라지만, 그래도 백기를 들고 찾아온 사람들인데 대인배라면 손님에 준하는 대접을 해야 마땅하거늘.
어찌 보면 적의 소굴 한가운데서 두 어깨를 당당히 펴고, 장난스러울지는 모르나 자신들의 본모습을 그대로 보여주는 원치경과 도삼이 오히려 대인배처럼 보였다.
'재미있는 자들이군.'
순간 윤이 당황한 무유화와는 달리 피식 실소를 흘렸다.

잔뜩 겁에 질려 고개를 조아려도 모자랄 판에, 차까지 얻어 마시는 원치경의 배포에, 월하정 사람들의 표정은 묘하게 일그러졌다.
 "이제 찾아온 용건을 말해주시겠습니까?"
 "우선 여쭈어보고 싶은 것이 있습니다. 앞으로 제가 하는 말들을 믿어주실 수 있겠습니까?"
 원치경의 표정은 무척 진지했다.
 "제가 믿는다 하면, 그대는 믿으시겠습니까?"
 되받아치는 무유화의 음성에, 원치경이 머리를 툭 치며 자신의 어리석음을 탓했다.
 '역시, 소문은 소문일 뿐이구나.'
 원치경이 맑고 고운 무유화의 두 눈을 빤히 쳐다봤다.
 총기가 가득한 눈빛이었다.
 저자에 떠도는 소문으로는 외모만 빼어날 뿐 그 아비와 달리 나약하기 그지없는 무능한 인물이라던데.
 막상 무유화와 부딪혀보니 모두가 뜬소문처럼 느껴졌다.
 "우선 결론부터 말씀을 드리겠습니다. 저는 아가씨와 싸울 마음이 추호도 없습니다. 이유는 굳이 설명을 드리지 않아도 아실 것입니다."
 "궁금하군요. 그 이유가 무엇입니까?"
 "별다른 이유가 있겠습니까. 그저 저도 살고, 수하들도 살리고 싶어 그러는 것입니다."
 자존심에 죽고 사는 무인이라면 결코 입 밖으로 내뱉을 수 없는 말이었다.
 하지만 원치경에게 있어 무사의 자존심보다는 생명이 우선이었다.

 어찌 보면 배알도 없는 인간으로 보일지 모르나, 윤은 왠지 그의 말이 가슴에 와 닿았다.

 특히 수하들의 생명을 살리고 싶다는 그의 진심 어린 말에 적지 않는 감동까지 받은 터였다.

 "믿기 힘드시겠지만, 지금부터 제가 하는 이야기들은 한 점 거짓도 담기지 않은 진실입니다. 그럼 제 목숨을 걸고, 아니, 제 수하들의 목숨을 걸고 감히 말씀을 드리겠습니다."

 그 배짱도 두둑하지만, 대화를 풀어나가는 솜씨 또한 일품이었다.

 "청도문을 공격한 자들은 삼합회의 인물들이 아닙니다."

 "시작부터 변명이구먼."

 대뜸 가오성이 끼어들며 이죽거렸다.

 그러자 윤이 검지에 약간의 내공을 실어 탁자를 톡톡 건드렸다.

 그냥 조용히 원치경의 말을 듣자는 의미였다.

 그런데 그 순간.

 지지이잉—

 지진이라도 일어난 듯 탁자가 심한 몸서리를 쳤다.

 '어쭈! 어린놈이 좀 하는데!'

 그에 도삼의 얼굴에 감탄의 빛이 어렸다.

 "계속하십시오."

 윤이 담담한 표정으로 원치경에게 말을 했다.

"삼합회 본단 또한 그 사실을 알고 있습니다. 그런데 어떤 이유인지는 모르나, 삼합회 본단이 그 사실을 모른 척하고 있습니다. 그 사실을 묵인함으로써 스스로 청도문을 공격한 것을 시인한 셈이지요."

삼합회 제남지부가 청도문을 공격했다는 것은 강호가 모두 아는 사실인데, 조금은 뜬금없는 이야기였다.

가오성의 말마따나 월하정의 무사들에겐 궁색한 변명처럼 들렸다.

"알고 계실지는 모르겠지만, 사실 삼합회 제남지부에는 청도문을 이토록 몰아세울 만한 고수가 없습니다. 많은 식객이 머물고는 있으나, 갓 일류를 넘어선 자는 고작 두셋에 불과할 뿐입니다. 그런 전력을 가진 제남지부가 청도문의 반을 무너뜨렸습니다. 믿어지십니까?"

"본단에서 내려온 고수들과 함께 청도문을 공격했을 수도 있질 않겠습니까?"

무유화가 예리한 눈빛으로 질문을 던졌다.

"물론 그럴 수도 있겠지요. 하지만 그 당시 제남지부의 그 누구도 청도문이 공격받았다는 사실을 모르고 있었습니다. 심지어 지부장인 저 또한 알지 못했습니다. 본단이 독단적으로 청도문을 공격했다는 가정도 세워보았지만, 그 또한 많은 의문점을 남기더군요."

원치경이 잠시 말을 끊곤 목이 타는지, 다 식은 찻물을 홀짝거렸다.

"저자에 퍼진 소문과 달리, 제남지부의 힘은 지금의 청도문과 일전을 펼쳐도 멸문을 면치 못할 만큼 형편이 없습니다. 물론 실력이 괜찮은 식객들이 있지만, 그들 대부분이 계약을 해지한 상태이고, 전력이라고 해봐야 뒷골목 파락호들이 대부분이니, 어찌 보면 당연한 일일 것입니다."

자신들의 비밀스런 부분까지 거침없이 까발리는 원치경의 속내가 무척 의심스러웠다.

하지만 꽤나 흥미있는 이야기라 그런지, 모두들 그의 얼굴에 초점을 맞춘 채 뒷말을 기다렸다.

"그런데 뜬금없이 이런 소문이 저자에 돌더군요."

"삼합회 제남지부가 청도문으로 향하는 철혈검대와 월하정 호위무사들과 결전을 치렀다?"

무슨 생각인지 윤이 원치경을 대신해 입을 열었다.

"그렇소, 소협."

"아니라는 말이군요."

윤이 팔짱을 끼며 입을 열었다.

그의 눈빛이 원치경의 속을 꿰뚫겠다는 양 매섭기 그지없었다.

"물론, 저 또한 아가씨를 납치하려 했던 것이 사실입니다. 그런데 납치를 하려고 계획한 장소에 도착해 보니, 혈불이 먼저 와 공격하고 있더군요. 더불어 같은 시간 때에는 철혈검대가 낯선 무인들에 의해 공격을 받았다고 하더군요. 방금 전에도 말씀을 드렸듯 제남지부에는 그럴 만한 인물들이 존재하지 않습니다."
 원치경은 너무도 소상히 자신을 까발렸다.
 정녕 그토록 살고 싶은 것일까.
 월하정의 무사들은 내심 고개를 절레절레 저었다.
 한눈에 봐도 만만치 않은 고수였다.
 원치경도 그렇지만, 그의 옆에서 연신 하품만 해대는 도삼 또한 마찬가지였다.
 다른 꿍꿍이가 분명 있을 터인데, 월하정 무사들은 도무지 원치경의 속내를 읽을 수가 없었다.
 "얼마 전, 본단에서 전갈이 하나 당도했습니다."
 "……!"
 모두들 숨을 죽여 원치경의 다음 말을 기다렸다.
 "전력을 다해 철혈검대와 맞서라 하더군요. 대부분의 수하들이 겉만 멀쩡한 약골들이라, 인원 좀 충당해 달라 연통을 띄웠더니, 또 이런 전갈이 곧바로 날아오더군요."
 "어떤 전갈이지요?"
 뜸을 길게 들이는 원치경에게 무유화가 물었다.
 "본단의 상황이 여의치 않아 그저 미안할 뿐이라고 그러더군요."
 "본단의 상황이 여의치 않다니. 대체 그것이 무슨 의미입니까? 삼합회라 하면, 그 인원만큼은 강호의 그 어느 조직보다 방대한 곳이 아닙니까. 설마 제남지부를 포기한다는……."
 무유화가 인상을 살짝 찡그리며 말을 얼버무렸다.

그러자 원치경이 고개를 살짝 끄덕이곤 자신의 말을 이었다.

"제남지부가 멸문을 당하는 것은 이해할 수 있으나, 제 수하들이 죽는 것만큼은 도저히 받아들일 수가 없었습니다. 그것이 아무리 본단의 명령이라고 해도, 저로서는 수긍하기기 힘들더군요. 억울하기도 하고……."

무유화는 무엇이 진실인지 혼란스럽기만 했다.

원치경의 말을 계속 듣고 있자니, 그의 진심이 절로 느껴졌다.

아니, 어찌 보면 그의 모습이 화술이 뛰어난 사기꾼처럼 보이기도 했다.

그런 무유화를 향해 원치경이 입을 열었다.

"싸움을 멈춰주십시오. 이렇게 간곡히 부탁을 드립니다. 만약 아가씨께서 이 싸움을 멈춰주신다면, 제 스스로 제남지부를 해체할 것을 약속드리겠습니다."

'오호라! 형님께서 계획한 것이 바로 이것이었구나! 역시 형님께서는 천재시구나. 크하하!'

지금껏 하품만 뻑뻑 해대던 도삼이 제남지부의 해체란 말을 듣곤 구부정했던 신형을 똑바로 세웠다.

그런 그의 만면에 소리없는 웃음이 가득했다.

'저, 저 새끼가가 갑자기 미쳤나? 왜 날보고 쳐 웃고 지랄이야, 지랄은…….'

가오성이 갑자기 황당한 표정을 지으며 자신도 모르게 신형을 뒤로 주춤 물렸다.

하필 음흉하게 웃은 도삼의 시선이 향한 방향에 가오성이었던 까닭이다.

"본단에서 가만있지 않을 텐데요."

윤이 손바닥으로 탁자를 톡톡 건드리며 중얼거렸다.

"소협의 말씀처럼 철혈검대의 손에 죽나 본단의 손에 죽나 죽는 것은 매일반이겠지요. 그저 저는 조금이라도 더 살 수 있는 방법을 택했을 뿐입니다. 어쩌면 계속 살 수도 있는 일이구요."

"개인적으로 궁금한 것이 몇 가지 있는데, 물어봐도 되겠습니까?"

윤이 뜬금없이 물었다.

"지금에 와서 감출 것이 무엇이 있겠습니까. 무엇이든지 물어보십시오. 진심을 다해 답변해 드리지요."

원치경이 담백한 음성으로 대답했다.

"삼합회에는 어찌 들어가게 된 것입니까?"

"그건 내가 답을 드리지."

제남지부의 해체라는 말에, 갑자기 기분이 좋아진 도삼이 불쑥 끼어들었다.

"돈이 필요해서 그랬소."

"……?"

도삼의 말에 모두가 동시다발적으로 인상을 찡그렸다.

"왜? 안 믿깁니까? 다들!"

갑자기 사람들의 표정이 변하자 도삼이 욱해서 굵직한 두 눈썹을 치켜떴다.

비록 야차처럼 험악한 인상을 지닌 도삼이지만, 오히려 그의 어수룩한 언행이 더욱 신빙성이 있어 보였다.

"삼합회에 적을 두기 이전, 그대들의 정체는 무엇이었습니까?"

"형님, 말해도 되우? 이왕 이렇게 된 거, 아니, 어차피 떠날 건데……."

도삼이 의견을 구하자 원치경이 고개를 끄덕였다.

"우리의 정체를 알고 싶다 하니 말은 해주겠는데. 되도록이면 비밀을 좀 지켜주면 좋겠는데……. 뭐, 아가씨의 훈훈한 인상을 보니 비밀을 지켜줄 거라 믿지만. 그래도 혹시 모르니, 그렇게 해줄 수 있수?"

도삼이 게슴츠레 눈을 뜨곤 윤에게 물었다.

"물론입니다."

"좋소. 그럼 말해주리다. …이분은 흑풍대주, 난 부대주. 됐소?"

'됐소?'라고 물었지만, 도삼의 내심은 '됐냐? 이 대가리에 피도 안 마른 새끼야.'였다.

'이름 꼬락서니하고는. 세상천지에 흑풍대가 어디 한두 개냐? 쌍! 코흘리개 동네 꼬마들도 흑풍대를 결성하고 들에서 이리저리 뛰어논다. 이 새끼야!'

흑풍대라는 말에 가오성이 기가 막혀 혀를 찼다.

그런데 그때.

"흑풍대라면……. 혹시 대막의 흑풍살혼을 말하는 것이오?"

지금껏 한 마디도 없던 건유운이 혼잣말로 중얼거렸다. 그리곤 물었다.

그런 그의 표정이 사뭇 딱딱했다.

"오호! 대단하네. 바로 아는구먼! 이분이 바로 흑풍살혼을 이끄시는 살혼검 대협이 아니우. 크큭!"

도삼이 만면에 웃음을 지으며, 건유운의 넓은 안목에 감탄을 터뜨렸다.

하지만 그와 원치경을 제외한 월하정의 무사들의 표정은 일순 차갑게 굳어졌다.

'허, 허헉!'

가오성의 입은 도삼의 말에 벌써부터 쩍 벌어진 상태였다.

흑풍살혼(黑風殺魂)의 살혼검(殺魂劍)이라니.

'천하팔검!'

가오성이 내심 경악하여 외쳤다.

그리고 한 번 벌어진 그의 입은 좀처럼 닫힐 기미가 보이질 않았다.

대막에 그 혼마저 베어버리는 검귀가 하나 있으니, 그가 바로 약관의 나이를 갓 넘어 천하팔검의 일좌를 차지한 흑풍대주 살혼검이었다.

더불어 혈혈단신으로 대막의 마적들을 모조리 무릎을 꿇린

후 대막을 일통한, 대막이 생긴 이래 전무후무한 역사를 남긴 전설적인 인물이기도 했다.

그런 그가 무엇이 부족해 삼합회에 적을 두었단 말인가.

순간 모든 이의 머릿속이 뒤죽박죽 엉켜들었다.

그리고 월하정 무사들의 얼굴에 동시에 떠오른 의구심 하나.

그것을 읽은 원치경이 담담한 음성으로 입을 열었다.

"동생의 말이 맞습니다. 우린 그저 돈이 필요했을 뿐이오. 그리고 지금까지 제가 드린 말을 모두 사실입니다. 더불어 삼합회 제남지부를 해체하는 동시에 저와 동생, 그리고 제 수하들은 대막으로 떠날 것입니다. 제 목숨을 걸고 약속을 드리지요."

그 음성에서 거짓을 찾아볼 수 없었다.

원치경이 아닌 살혼검의 음성이라 생각하니 더욱 믿음이 갔다.

비록 대막의 극악무도한 마적들이 모여 결성된 흑풍대지만, 강호에 떠도는 소문에 의하면 의적에 가까운 행동을 하는 무리라 전해졌다.

이 믿을 수 없는 일을 가능하게 만든 사람이 바로 대막을 일통한 흑풍대주 살혼검이었던 것이다.

第二章 쓰러지는 철혈거대

수호무사

칠흑의 어둠이 온 세상을 집어삼킨 해시 말엽.
무유화의 거처보다 더욱 화려한 내실.
이곳이 바로 청도문주 제삼수가 공을 들여 마련한 안우문의 거처였다.
이 단편적인 예 하나만 봐도, 현 강호에서 차지하는 무유화의 초라한 위치를 가늠할 수 있었다.

쾅!
안우문이 거칠게 탁자를 후려쳤다.
"이것들이 감히! 나 안우문을 졸로 본단 말인가!"
그의 분노가 하늘을 찌를 듯했다.

석식을 마친 후, 안우문을 찾아온 무유화가 전한 말을 들은 후부터 그의 노기는 점점 그 도를 더해갔다.

"이대로 당하고만 계실 참이십니까?"

정성도 또한 그동안 참던 화를 참지 못하고 언성을 높였다.

최초 염화탁으로부터 받은 명령이 월하정의 감시였는데, 이제는 그 임무조차 제대로 수행할 수 없을 정도로, 정성도는 월하정의 인물들에게 철저한 외면을 당하고 있었다.

개밥의 도토리 신세라면 차라리 나았다.

이제는 개밥에조차 섞이지 못하는 신세였다.

철혈무가를 떠나 여정이 시작되면서부터는 그 도가 더욱 심해져, 무유화를 비롯해 월하정의 무사들이 대놓고 정성도를 따돌리고 있었던 것이다.

"그럴 수야 없지. 아암, 그럴 수가 없고말고. 그래서 내가 이 어둠이 오기까지 이렇게 치솟는 울분을 삼킨 것이 아니겠더냐."

안우문이 어금니를 부득부득 갈며 으르렁거렸다.

그리고 이내 그가 밖을 향해 일갈을 내질렀다.

"밖에 아무도 없느냐!"

"부르셨습니까?"

한 수하가 절도있는 음성으로 안우문의 명을 기다렸다.

"전대 철혈검대 조장들을 제외한, 모든 조장을 당장 불러들여라. 어서!"

대노한 안우문의 이마로 굵직한 핏대가 솟아올랐다.

안우문의 명령이 떨어지고 얼마 지나지 않아 세 명의 조장이 빠르게 안우문의 거처로 그 모습을 드러냈다.

"부르셨습니까."

절도있는 음성으로 입을 여는 조장들.

이들은 염화탁에게 목숨을 바칠 것이라 맹세한 자들이었다.

단필엽의 입장에서 본다면 배신자와 같은 인물들이었다.

하지만 안우문의 지금 심정으로는 중전에 충성을 다짐한 이들조차도 믿겨지지가 않았다.

그만큼 단필엽을 필두로 한 몇몇 조장들이 보인 항명은 그에게 커다란 충격을 던져주었다.

'이참에 너희들이 맹세한 충심의 진위를 가늠해 보는 것도 나쁘지는 않을 터!'

그 분노가 너무 커서일까.

안우문의 눈가에 진한 살기가 어렸다.

"조장들은 조원들을 이끌고 지금 즉시 출발하여 청도문을 빠져나간 삼합회 제남지부장과 부지부장을 추살한다. 그들을 추살한 뒤, 곧바로 제남지부로 향해 그곳을 멸한다. 그리고 정성도, 너는 계획대로 청도문주와 공조하여 청도문도들과 함께 철혈검대를 곁에서 돕도록 한다."

"훌륭하신 결단이십니다. 지금 당장 출발하여 제남지부를 멸하도록 하겠습니다."

정성도의 입가에 잔인한 미소가 매달렸다.
"신속하되, 월하정의 놈들과 항명을 범한 조장들이 눈치채지 못하도록 은밀히 움직여야 할 것이다. 맡은 바 임무는 날이 밝기 전 완수를 해야 할 것이다."

 *   *   *

 거나하게 한 잔 걸친 도삼이 여인의 아미처럼 고운 그믐달을 바라보며 껄껄 대소를 터뜨렸다.
"하하하! 내 이래서 형님을 따르는 것이 아니겠소! 어찌, 그리 머리 회전이 뛰어나신 게요. 전멸을 면치 못할 상황이었거늘, 그 세 치 혀로 이토록 쉽게 싸움을 끝내버리다니. 과연, 내 형님답소. 하하하!"
"형님의 혀를 가지고, 세 치 혀라니……. 도삼아, 그 무슨 말버릇이 그렇더냐?"
원치경 또한 일이 잘 해결되어 기분이 좋은지 멈추지 않고 웃어댔다.
"그럼, 네 치라 할까요? 아니면 다섯 치는 어떻습니까? 낄낄낄!"
도삼은 덩실덩실 춤이라도 출 기세였다.
그러던 그가 갑자기 걱정스런 표정으로 입을 열었다.
"그나저나 이놈들 대막 생활에 적응이나 할 수 있을까 걱정입니다."

"개똥밭에 굴러도 이승이 낫다는 말이 있지 않느냐."
"하긴, 뒈지는 것보다야 대막이 백 배, 아니, 천 배는 더 나을 거요."
도삼이 고개를 끄덕이며 원치경의 말에 동감했다.
그러던 그가 조금은 걱정스럽다는 듯 물었다.
"고향으로 돌아간다 생각하니 기분은 날아갈 것 같지만, 저들을 믿어도 되는 거유?"
"그걸 어찌 확신할 수 있겠느냐. 다만 아가씨의 깊은 눈을 보니 신의를 저버릴 것 같지는 않다는 느낌이다. 그리고 아가씨를 호위하는 그 무사들 또한 나름 좋은 눈빛을 가졌더구나. 내 생각엔 그들이 문제가 아니라 삼합회 본단의 보복이 걱정이구나."
"우리 정체도 모르고 있는데, 그게 뭔 걱정이우. 또 알면 어떠우. 제깟 놈들이 우릴 잡으러 대막까지 올 수나 있겠소. 오는 순간 저승길이 열릴 텐데."
생각이 짧은 것인지, 아니면 체질상 복잡한 걸 싫어하는 것인지, 도삼의 언행은 그야말로 천하태평이었다.
그런 그가 짐짓 심각한 표정으로 입을 열었다.
"근데 말이우, 형님."
"왜 그러느냐?"
"얼마 전, 혈불을 죽인 놈 있잖소."
"가오성이라 그랬지, 아마……. 그런데 그가 왜?"
원치경이 무슨 이야기일까 싶어 물었다.

"그놈이 자꾸 나를 이상한 눈빛으로 바라보더란 말입니다. 거 왜 음흉스럽고, 이상한 눈빛 있잖소? 행간에 이상한 취미를 가진 놈들이 있다던데……. 그 새끼 눈빛, 정말, 소름이 쫙 끼치더란 말입니다."

"하하하! 갑자기 웬 자다 봉창을 두드리는 소리란 말이냐."

도삼의 말에, 원치경이 웃음을 참지 못했다.

그렇게 원치경과 도삼은 안우문의 명을 받은 철혈검대원들과 정성도가 자신들의 뒤를 추적하는 지도 모른 채, 기분 좋은 발걸음으로 제남지부로 향하고 있었다.

* * *

어둠 속을 걷던 원치경이 걸음을 멈추고 신형을 우뚝 세웠다.

도삼 또한 눈빛을 매섭게 번뜩이곤 신경질적으로 신형을 돌려세웠다.

"이 새끼들, 우릴 속인 것 같은데요."

그 음성에 한기가 넘실거렸다.

그리고 그와 동시에, 그의 전신으로 노도와 같은 기세가 무럭무럭 피어났다.

지금껏 보았던 도삼의 모습은 거짓말처럼 싹 사라지고, 대막의 이인자, 살혼도(殺魂刀)의 진정한 위용이 드러나는 순간이었다.

"후훗! 어쩐지 쉽더라니……."

도삼이 저 먼 어둠을 속을 노려보며 중얼거렸다.

그런 그의 우수엔 대막을 공포에 떨게 한 살혼도가 어느새 쥐어져 있었다.

원치경과 도삼을 쫓아 새카맣게 몰려오는 무사들.

원치경이 어둠을 뚫고 달려오는 인원들을 대충 훑어보니 육칠십은 됨직했다.

꽤 많은 숫자였다.

"조용히 사라지려 했거늘……."

원치경이 아쉬운 낯빛으로 중얼거렸다.

"아무래도 형님의 팔자에 마(魔)가 끼었나보오. 후후……."

도삼이 살혼도를 땅 위로 길게 늘어뜨린 채 싸늘한 미소를 지었다.

"그들이 우릴 속인 거라면 쉽지는 않을 터인데……."

"여기에 뼈를 묻을 수도 있겠지요. 그래서 내가 뭐라 했습니까. 혹시 모르니, 대막에서 애들 좀 데려오자니까. …대체 이게 뭔 꼴이요. 쓰읍!"

"후후……."

원치경의 입가에 그 의미를 알 수 없는 묘한 미소가 매달렸다.

그렇게 얼마의 시간이 흐르고.

먹구름처럼 몰려온 철혈검대원들과 청도문도들이 일사분란

하게 원치경과 도삼을 겹겹이 포위했다.
 일견하기에도 도주는 이미 글러먹은 듯싶었다.
 아니, 도주를 했다면 벌써 했을 터, 애초부터 원치경과 도삼은 그럴 마음이 없었다.
 "도삼아, 잘하면 살 수도 있겠구나."
 원치경이 자신을 포위한 무리들을 예리하게 쓸어본 후 월하정 호위무사들을 찾을 수 없자, 그나마 다행이라는 듯 중얼거렸다.
 "살면 뭣하우. 상황은 벌써 개판인데……."
 "개똥밭에 굴러……."
 "알았으니, 그만 검이 뽑으시우. 개멋 부리다가 골로 가는 수가 있소."
 "그러니까 말이다. 내 말이 바로 그 말이 아니냐."
 도삼의 핀잔에, 원치경이 머쓱하여 서둘러 검을 뽑아들었다.
 스르릉—
 마침내 살혼검을 뽑아든 원치경.
 그 모습에서 일대종사의 위엄이 넘실거렸다.
 그 분위기만 봐도, 그가 천하팔검의 한 명이라는 말이 결코 허언으로 느껴지지 않았다.
 "아가씨와 약조를 한 지, 한나절도 채 지나지 않았거늘. 다들 어쩐 일이십니까? 배웅을 나온 것 같지는 않고……."
 원치경이 어둠 속 한 인영을 바라보며 물었다.

그의 시선이 닿은 곳에서 정성도가 비릿한 웃음을 흘리고 있었다.
"약조? 후후……. 어림없는 수작 말아라. 무뢰배들보다 못한 놈들과 무슨 약조를 한단 말이냐? 강호의 삶을 모르시는 순진한 아가씨께서 네놈의 세 치 혀에 놀아난 것 같은데. 내 그것이 하도 분통하여, 네놈의 심장을 가르러 이렇게 달려왔느니라."
"아가씨께서 시키신 일이오?"
원치경이 대뜸 물었다.
"아직까지 사기꾼 같은 네놈의 말을 철석같이 믿고 계시는 아가씨가 그저 불쌍할 뿐이구나."
"역시 아가씨께서는 신의를 저버리지 않으셨군요. 역시 천하제일검의 자녀 분답습니다."
"내가 뭐라 그랬소. 왠지 아가씨는 믿을 수 있을 거 같다고 이 주둥이로 직접 말을 하지 않았소."
도삼이 불쑥 끼어들어 의기양양하게 말을 했다.
"아까는 욕설까지 섞어가며 속았다고 성질을 내지 않았느냐?"
"그러니까 말이오. 내가 하려던 말이 바로 그 말이 아닙니까. 의미인즉, 저 새끼들이 우릴 속였단 것이지요."
"대화도 나눠본 적이 없는 저들이 왜 너……"
"생사가 왔다 갔다 하는 이 긴장된 순간에, 계집처럼 뭔 말이 그리 많소. ……어쨌든 이왕 이렇게 된 거, 열심히 한 번 싸워봅시다, 형님."
 도삼이 원치경의 말을 냉정하게 자르며 쫑알쫑알 입을 놀렸다.
 그러던 그가 전의를 활활 불태우며 다시금 입을 열었다.
 "이 소제가 앞을 맡을 터이니, 형님께서는 뒤를 맡으십시오. 아시다시피, 절대 남의 음식에 손대기 없기입니다."
 "도삼아, 내가 앞을 맡으면 안 되겠느냐?"
 "이 상황에서 앞뒤가 뭐 그리 중요하다고 꼬치꼬치 따지십니까? 소인배처럼 쪼잔하게……."
 도삼이 답답하다는 표정으로 구시렁거렸다.
 하지만 그의 영악함에 원치경은 혀를 내두를 수밖에 없었다.
 이유는 간단했다.
 앞에 진을 치고 있는 무인들은 청도문의 문도들이었고, 뒤편에서 칼날 같은 예기를 뿜어내는 인물들은 철검대원들이었던 까닭이다.
 "이놈들! 각오는 단단히 하고 왔겠지! 지금부터 이 도삼 형님께서 지옥을 보여주마!"
 도삼이 전방을 향해 호기롭게 일갈을 내질렀다.
 하지만 그 음성에, 청무문도들 모두가 비웃음을 잔뜩 흘리며 콧방귀를 뀌었다.
 철혈검대와 함께 있다는 사실 하나만으로도, 그들의 지금 심정은 이미 제남지부에 가 있었던 까닭이다.

하지만 그들의 모자란 생각은 도삼이 번개처럼 일도를 내려침과 동시에 산산이 부서지고 말았다.

　　　　　*　　　*　　　*

'저, 저놈!'
정성도가 급히 신형을 뒤로 물리곤 전장을 쓸어봤다.
방금까지만 해도 그의 사기가 하늘까지 닿았는데, 싸움이 일어나기 무섭게, 청도문도들이 도삼의 거도에 추풍낙엽처럼 쓰러지고 있었다.
정보에 의하면 삼합회 제남지부 수뇌들의 무위가 갓 일류를 넘어섰다 했는데.
부앙!
청도문도들이 각자의 도로 미친놈처럼 날뛰는 도삼을 압박했다.
하지만 오히려 땅 위로 꼬꾸라지는 건 청도문의 무인들이었다.
엄청난 거구이지만, 그 몸놀림은 마치 바람처럼 표홀했다.
무식한 거도가 검처럼 빠르니 대적하기도 힘들 뿐더러, 아니, 그럴 엄두조차 나질 않았다.
가진 힘 또한 엄청나, 그의 도풍(刀風)에 청도문도들의 옷가지가 찢어질 정도였다.
쾌액—

청도문 무인들의 무위는 결코 낮지 않았다.
 하지만 도삼이 섬뜩한 도광을 뿌리자 또 한 명의 청도문 무인이 그대로 땅 위로 꼬꾸라졌다.
 그 흔한 비명도 질러보지 못한 채 말이다.
 원치경과 함께 그 혼마저도 벤다는 살혼도.
 그야 말로 대막의 이인자로서 일도일살이 무엇인지 여실히 보여주는 한 수였다.
 '열여섯!'
 도삼이 근접한 도를 가볍게 튕겨내며 자신이 쓰러뜨린 인원을 내심 외쳤다.
 원치경이 혈혈단신으로 대막을 평정하던 시절, 그의 강함과 됨됨이에 반해 그를 형님으로 모시고, 근 이 년 동안 원치경과 함께 마적들과 난전을 펼쳤던 도삼이다.
 어쩌면 일 대 다수의 난전에서 도삼이 더욱 힘을 발휘하는 것은 바로 그때문인지도 몰랐다.
 쐐액—
 동료들이 피범벅이 되어 쓰러지고, 일시에 펼쳐진 지옥과 같은 참상에 청도문도들은 허둥대기 바빴다.
 도삼이 비호처럼 움직일 때마다 그들의 두 눈엔 두려움이 깃들었고 서리를 맞은 듯 몸이 뻣뻣하게 굳어버렸다.
 그만큼 도삼과 그들의 실력 차가 크다는 의미였다.
 챙!
 보다 못한 정성도가 결국 도삼을 향해 검을 겨누었다.

이대로 가다간 살아남을 청도문도들이 없어보였기에, 자신이 나서야 함을 본능적으로 느꼈던 것이다.

하지만 그의 몸놀림이 평상시와 같지 않고, 매우 부자연스러웠다.

도삼의 무위가 상상을 뛰어넘어 실로 엄청났기에, 절로 간담이 서늘했던 까닭이다.

"드디어 낯짝을 보이는구나! 적에겐 비참한 죽음을, 식구에겐 소중한 밥을!"

대막을 호령하는 도삼이 자신의 좌우명을 크게 외치며, 진득한 살기를 피워냈다.

쩌어엉!

도삼의 살혼도에서 강렬한 기운이 줄기줄기 뻗쳤다.

까아앙—

그러자 정성도가 황급히 검을 휘둘러 도삼의 공격을 방어했다.

휘청—

도삼의 거도를 맞받아친 정성도가 중심을 잃고 뒤로 쭉 밀려나갔다. 단, 일수의 공방으로 그 힘의 차이가 여실히 드러난 순간이었다.

'제, 제길!'

정성도가 하얗게 질린 낯빛으로 치솟는 욕지기를 애써 삼켰다. 보는 것만으로도 대단했는데, 직접 몸으로 부딪히니, 그 힘이 장난이 아니었다.

쓰러지는 철혈검대

일류의 반열에 올라선 정성도를 단 한 수만으로 이토록 비참한 몰골로 몰고 가다니.

자신의 의지와 상관없이 정성도의 심장이 도삼을 향한 두려움에 쿵쿵 뛰었다.

'어리석은! 나 정성도가 저따위 삼합회 놈에게 두려움을 느낀단 말인가!'

정성도가 어금니를 부득부득 갈았다.

그 순간.

우우웅―

정성도가 가진 바 내력을 모조리 끌어올려 검 끝으로 도삼의 미간을 겨냥했다.

그 기세가 결코 만만하지 않았다.

정성도를 손쉽게 밀쳐냈던 도삼의 두 어깨가 일순 움찔거릴 정도였다.

짜드득!

"올 테냐? 아니면 내가 갈까!"

정성도가 이글거리는 두 눈으로 도삼을 노려보며 허연 이를 드러냈다.

무인에게 있어, 죽음보다 더 두려운 일은 대쪽과도 같은 자존심이 부러지는 것이었다.

그 성정이 어떻든 정성도 또한 한 명의 무인이었다.

"아무렴 어떠하나! 어쨌든 기백 하나만큼은 내 인정해 주마."

"네놈의 인정 따윌 받으려고 내가 검을 든 것 같더냐!"

파악―

정성도가 대지를 박차고 튀어 올랐다.

죽음마저 불사할 것이라는 비장함이 그의 표정에 떠올랐다.

그토록 코끝을 자극하던 피비린내도, 정성도는 더 이상 느낄 수 없었다.

두려움?

그 또한 이미 저 멀리 내던져 버렸다.

지금 이 순간 정성도의 머릿속에 남은 건 단 하나.

자신이 검을 든 이유였다.

한편.

철혈검대를 이끌고 온 삼조장 정대건은 자신을 보필하는 두 명의 조장과 함께 대원들을 진두지휘하며 원치경과 맞서고 있었다.

세 개조의 철혈검대원들이 이중으로 에워싼 형태로 원치경을 협공했지만, 놀랍게도 그들이 가한 협공은 지금까지도 원치경의 털끝조차 건드리질 못했다.

정대건의 시선으로 본 싸움의 상황은 난감함 그 자체였다.

보고된 정보와 달리, 예사 인물이 아니었다.

원치경의 검에 실린 강맹한 위력에, 독하기로 소문난 철혈검대원들이 그야 말로 쩔쩔매고 있었다.

원치경과 정면으로 부딪힌 몇몇 대원들은 별다른 부상을 입은 것 같지도 않은데, 무슨 영문이지는 몰라도, 비틀비틀 뒤로 밀려 아예 그의 근처로 다가서지도 못하고 있었다.

"정면으로 맞서지 말고, 대형을 유지한 채 상대의 빈틈을 노려라!"

정대건이 원치경의 검에 의해 속수무책으로 뒤로 밀리는 대원들에게 내공이 실린 일갈을 내질렀다.

하지만 안타깝게도 대원들의 귀에는 그의 음성이 들리지 않는지, 대형의 균열은 점점 커져만 갔다.

'놀랍구나. 철혈검대를 이토록 긴장을 시킬 수 있는 자가 이 강호에 과연 몇이나 된단 말인가!'

원치경의 정체를 알 리 없는 정대건이 내심 감탄을 연발했다.

하지만 마냥 그러고 있을 수만은 없는 노릇이었다.

이미 청도문의 무인들은 도삼의 살혼도에 의해 태반이 쓰러진 상태였다.

청도문의 무인들이 처한 상황은 정말 지옥이라 해도 과언이었다.

도륙이라는 말이 어울릴 정도로, 도삼의 도에는 한 점 인정도 담겨 있지 않았다.

마치 아수라를 보는 듯, 그의 모습이 섬뜩할 지경이었다.

그 모습에 정대건의 눈살이 절로 찌푸려졌다.

정성도가 이를 악물고 남은 청도문도들을 이끌고 도삼과 일전을 펼치고 있지만, 정대건의 두 눈에는 그마저도 곧 무너질 판이었다.

만약 정성도마저 무너진다면, 아수라와 같은 저 도삼이 분명 이 싸움에 합류할 터인데.

거기까지 생각이 미치자 정대건으로서는 다급할 수밖에 없었다.

'피해를 감수해서라도 공격의 강도를 높여야 한다.'

다급해진 정성도의 표정으로 결연한 의지가 떠올랐다.

원치경이 뿌려대는 검의 위력이 실로 경이로웠지만, 이대로 싸움을 질질 끌다간 임무 완수는커녕 커다란 봉변을 당하지는 않을까, 문득 걱정이 일었다.

'무슨 연유로 방어에만 급급한 것이란 말인가!'

대원들을 향해 일갈을 내지르려던 정대건이 순간 주춤거렸다.

정대건은 자타가 인정하는 고수였다.

철혈검대의 조장이란 위치는 하늘에 뚝 떨어진 것이 아니었다.

피나는 수련과 노력이 피워낸 결실이었다.

그런 정대건이 머뭇거렸다.

그 이유가 상상을 훌쩍 뛰어넘는 원치경의 높은 무위 때문만은 아니었다.

문제는 원치경의 태도였다.

저 정도의 실력자가 왜 지금껏 공격다운 공격 한 번을 제대로 펼치지 않는지, 원치경의 속내가 정대건은 심히 의심스러웠다.

고민은 깊었지만, 정대건의 결단은 빨랐다.
차앙!
마침내 검을 뽑아든 정대건이 허공에 일갈을 내질렀다.
"길을 열어라!"
두 조장의 신형 또한 정대건을 따라 일사분란하게 원치경을 향해 쏘아졌다.

"……"
원치경의 두 눈을 싸늘히 노려보는 세 명의 조장과 호시탐탐 그의 빈틈을 노리는 철혈검대원들.
원치경이 그런 그들을 고개를 느릿하게 좌우로 돌리며 무심히 바라봤다.
"이 싸움에서 그대들이 얻고자 하는 것이 무엇이오?"
원치경이 뜬금없이 물었다.
한쪽에서는 핏물이 내를 이루는 지옥도가 펼쳐졌지만, 이 상황에 전혀 어울리지 않는 질문이었다.
"임무 완수요."
"그 임무란 것이 나와 제남지부요?"
"그렇소."
정대건이 공격의 기회를 엿보며 짧게 대꾸했다.
"그 임무 때문에 소중한 생명들이 죽게 생겼군요."
원치경이 진심어린 마음으로 입을 열었다.
그리곤 혹시나 하여 물었다.

"그냥 보내줄 수는 없겠소?"
"이미 그럴 상황은 지난 것 같군요."
"그대의 말도 일리가 있소."
원치경이 혈귀가 되어 도를 미친 듯 휘두르는 도삼을 안타까운 시선으로 바라봤다.
"믿겨지지는 않겠지만, 그대들에게는 아무런 감정도 없소. 바라건대, 가슴 아픈 광경이 벌어지더라도, 제 진심을 헤아려 주셨으면 좋겠소."
땅 위로 길게 늘어뜨렸던 검을 중단으로 끌어올린 원치경이 정대건을 향해 입을 열었다.
"으음……."
정대건의 미간이 절로 좁혀졌다.
이 자리를 모면하기 위한 말인지, 아니면 정말 그런 것인지, 원치경의 의중을 좀처럼 판단할 수가 없었기 때문이다.
'저 정도의 화술이라면 능히 아가씨를 속일 만하구나!'
하지만 믿을 수 없게도 그 음성이 전해주는 편안함이 실로 놀라워, 비록 잠깐이나마 정대건은 오랜 지기와 이야기를 나눈 듯한 착각이 들었다.
"되도록 손속에 인정을 두겠으나 철혈검대의 무서움 앞에 나의 검이 눈이 멀까 두렵소."
"대원들은 들었는가!"
"예!"
우렁찬 외침이 허공을 쩌렁쩌렁 울렸다.

"대원들의 생각은 어떠한가! 인정이 담긴 검에 목숨을 구걸하겠는가? 아니면! 죽는 그 순간까지 철혈검대원으로 남겠는가?"
 차앙!
 일제히 검을 허공에 떨쳐내는 철혈검대원들.
 그것이 그들의 대답이었고, 의지였다.

* * *

 '그만 끝내자! 이 괴물아!'
 쾌애액―
 핏물과 땀으로 온몸이 젖어버린 정성도의 검이 질펵이는 핏물을 갈랐다.
 진원진기까지 모조리 일검에 담은 위력적인 공격이었다.
 '꼴에 무인이라고, 목숨을 거는 건가!'
 온몸에 피 칠을 한 도삼이 입술을 씰룩거렸다.
 하지만 그의 눈가엔 긴장감이 역력히 드러났다.
 동귀어진이라도 하려는 듯, 목숨까지 내팽개친 정성도의 공격은 그만큼 위력적이었다.
 '어찌한다?'
 찰나의 순간에 도삼이 망설였다.
 처음부터 정성도와 일전을 펼쳤다면, 망설일 필요도 없이 목을 뺐을 일이다.
 물론 지금도 정성도의 공격을 못 받아칠 건 없었다.

하지만 문제는 도삼도 지쳤다는 것이다.

영악한 정성도는 난전 속에서 허둥대던 청도문도들을 직접 지휘해 협공을 유도했다.

그리고 그것이 조금씩 실효를 거두자, 남은 한 명의 힘까지 쥐어짜내 도삼을 괴롭혔다.

아무리 타고난 신력의 소유자라 하나 도삼도 인간이기에, 정성도의 지시 아래 끊임없이 몰려드는 청도문 무인들의 공격으로 지칠 수밖에 없었다.

더불어 그 덤으로, 자잘한 부상까지 조금씩 쌓이고 또 쌓이니 지금껏 흘린 피의 양도 적지 않았다.

'쌍! 그래, 그만 끝내자! 내가 언제부터 이딴 거 가지고 고민을 했냐! 까짓것 재수없으면 한 팔이 떨어지는 거고, 아니면 마는 거고!'

구오오오—

도삼이 살혼도를 비껴들곤 자신을 향해 무섭게 돌진하는 정성도를 지그시 노려봤다.

그렇게 찰나의 시간이 흐르고.

콰광!

도삼과 정성도가 충돌하면서 커다란 폭발음이 터져 나왔다.

그리고 그 충돌에 대지가 거칠게 요동을 치자, 주검으로 변한 시신들이 마치 살아 있는 양 몸서리를 쳤다.

"……."

순간 두 사내 사이에 무거운 정적이 흘렀다.

"쿨럭—"

정성도의 기침 소리에 일순 고요하던 대기가 사나운 요동쳤다.

"……!"

정성도의 반쯤 벌어진 입에서 검게 죽은 핏물이 주르륵 흘러내렸다.

그런 그가 초점없는 두 눈으로 두 팔을 허공에 허우적거리다가 그대로 대지 위에 퍽 꼬꾸라졌다.

그런 정성도를 무심한 눈길로 바라보던 도삼이 이내 신형을 돌려세워 뒤편의 전장을 유심히 살폈다.

파앙—

원치경의 좌수에 일장을 허용한 철검대원 하나가 뒤로 쭉 밀려 힘없이 풀썩 주저앉아 검은 핏물을 게워냈다.

벌써 그와 비슷한 모습을 한 몇몇의 철검대원들이 곳곳에서 신음성을 흘리고 있었다.

그들의 머릿속은 전의로 활활 불타오르고 있었지만, 우습게도 그 육체는 동장군을 만난 양 꼼짝도 못하고 있었다.

원치경이 공격일변의 태도로 돌아선지 채 반 각도 지나지 않아서 벌어진 일이었다.

화르륵—

원치경이 검을 흩뿌릴 때마다 기이한 열기가 뿜어져 대기를 뜨겁게 달구었다.

그 열기의 정체가 궁금하여 그 속으로 뛰어든 철검대원이 기겁을 하곤 신형을 뒤로 물렸다.

"으으……."

이를 악물었지만, 철검대원이 결국 참지 못하고 입술을 바르르 떨며 신음성을 흘렸다. 검이 몸에 닿지도 않았지만, 온몸이 불에 지져진 듯 그 고통이 뼛속까지 파고들었다.

그 놀라운 광경에, 다급해진 정대건은 내력을 바짝 끌어올려 두 명의 조장과 함께 원치경을 더욱 압박했다.

하지만 그들이 조금이라도 압박의 강도를 높이려 하면 원치경은 일찌감치 그 의중을 읽고 싸움을 회피했다.

전생이 미꾸라지라도 되는 양 조장들과의 일전을 절묘하게 회피하며 철혈검대원들을 각개로 무너뜨리는 원치경의 몸놀림이 실로 경악스러웠다.

"철혈검대를 상대로 검에 인정을 담으신다? 저 지독한 놈들을 다 살려주시려고? 참, 인정도 많으시고, 한없이 자비로우신 분이야. …하여튼 말 더럽게 안 듣는 형님이라니깐. 내가 그렇게 개멋 부리지 말라고 경고까지 했는데. 그러다 골로 간 사람을 대체 내가 몇 명이나 봤는데. 하나, 둘……. 어쨌든 얼마나 많은데……."

싸움이 꽤 힘들었는지, 핏물이 철철 넘치는 대지 위에 아무렇지도 않게 엉덩이를 붙인 도삼이 원치경이 보이는 행동에 대해 홀로 불평을 늘어놓았다.

정대건이 그런 도삼의 모습을 저 멀리서 긴장된 표정으로 연신 힐끔거렸다.

'큰일이다. 저자까지 싸움에 힘을 보탠다면……'

그렇게 자신의 예상이 빗나가기를 바랐건만, 역시나 불길한 예감은 적중을 하고 말았다.

그런데 그때였다.

당장에라도 핏물로 질퍽해진 대지를 박찰 것 같던 도삼이 허공에 대고 너무도 엉뚱한 소리를 내지르는 것이 아닌가.

"형님! 고생하시오! 나 먼저 가우! 그리고 제발, 개멋 좀 부리지 마시오! 제발 좀!"

* * *

"뭐, 뭐라!"

온몸에 피 칠을 하고 돌아온 철혈검대원의 보고에, 안우문의 두 동공이 격랑을 만난 듯 심하게 요동을 쳤다.

분노에 이글거리는 눈빛이 아니었다.

놀람이 극에 달해 나타난 현상이었다.

"지, 진정 그것이 사실이란 말이냐?"

철혈검대원은 아무런 대꾸도 하질 않았다.

그저 참담한 심정에 고개만 푹 떨어뜨릴 뿐이었다.

그때였다.

쾅―

청도문주 제삼수가 내실의 문이 거칠게 열며 들어왔다.

벌겋게 달아오른 그의 얼굴은 온갖 감정이 복잡하게 얽혀 있었다.
"대, 대체, 어, 어찌 된 일입니까? 처, 청도문의 제자들이 모두 죽다니요?"
소식을 전해 듣고 한달음에 달려온 제삼수가 떨리는 음성으로 물었다.
도저히 믿겨지지 않는 소식이었다.
하지만 눈앞에 피범벅이 되어 고개를 떨어뜨리고 있는 철혈검대원의 처참한 모습에, 제삼수가 그만 바닥에 털썩 주저앉고 말았다. 남은 청도문의 정예들을 모두 투입시켰는데, 그야말로 멸문을 면치 못할 상황이 온 것이다.
"미, 미안하오."
안우문이 침통한 표정으로 입을 열었다.
"농담이시지요. 그렇지요? 지금, 저를 놀리시는 것이지요. 대장······."
반쯤 넋이 나간 사람처럼 제삼수가 중얼거렸다.
하지만 남의 제자들의 죽음을 앞에 두고 어찌 농담을 던질 수 있을까.
안우문은 고개를 들 수가 없었다.
그런 그의 귓속으로 은근한 노기가 담긴 음성이 나지막이 파고들었다.
"어찌된 일입니까?"
"아, 아가씨······."

"어찌된 일이냐 물었습니다."

무유화가 하얗게 질린 얼굴로 안우문을 정면으로 쏘아보며 재차 물었다.

"그, 그것이……."

안우문이 채 말을 잇지 못했다.

무슨 면목으로 입을 열 수 있을까.

무려 세 개조에 달하는 철혈검대원들이 돌이킬 수 없는 중상을 입었다.

그들 중 몇 명은 지금 이 순간 사경을 헤매고 있었다.

그뿐만이 아니었다.

그들을 이끌던 세 명의 조장이 고혼이 되었고, 정성도마저 싸늘한 시신이 되어 돌아왔다.

그래도 다행이라면 철혈검대원들 대부분이 살아서 돌아왔다는 점이다.

하지만 안타깝게도 청도문도들은 단 한 명도 살아서 이 땅을 밟지 못했던 것이다.

"왜! 대답을 못하십니까!"

무유화가 들끓는 분노를 참지 못하고 노성을 터뜨렸다.

그런 그녀의 두 눈이 붉게 물들어 이글이글 타오르고 있었다.

"왜, 왜……."

철혈검대원들이 흐느끼는 신음 소리가 마치 자신의 고통처럼 처절하게 느껴졌다.

그들이 아무리 염화탁에게 충성을 맹세한 자들이라지만 무유화에게 있어서는 언제나 철혈무가와 함께 숨 쉬는 식솔들이 었다.

자신을 포함한 그들 모두의 생명 하나하나에 철혈무가의 혼이 깃들어 있건만, 한낱 자존심에, 그 혼을 무참히 짓밟아버린 안무문을 무유화는 도저히 용서할 수가 없었다.

"꼭, 그래야만 했습니까? 제남지부를 멸하는 것이 그토록 중했더란 말입니까? 우리 대원들의 목숨을 앗아갈 만큼 그리 중했느냔 말입니다."

"아, 아가씨……. 속하를 죽여주십시오."

북받치는 감정을 주체하지 못한 무유화의 떨리는 음성에 철혈검대원의 두 볼로 굵직한 눈물이 흘러내렸다.

'제가 무릎을 꿇어 제 식솔들을 살릴 수만 있다면. 그런 상황이 제게도 온다면, 전 기꺼운 마음으로 무릎을 꿇겠습니다.'

무유화의 두 볼을 타고 흐르는 투명한 눈물.

그 속에 담긴 의미는 분노가 아닌, 슬픔과 안타까움이었다.

그리고 그 순간 문득 그녀의 뇌리 속으로 한 사내의 영상이 스쳐 지나갔다.

그 사내는 수하들을 살리기 위해 천하팔검의 명성과 무사의 자존심을 미련없이 내팽개친, 그것도 모자라 한낱 어린 여인에게 고개를 숙인 대막을 일통한 흑풍대주 원치경이었다.

第三章 칠혈구가로 돌아가다

수호무사

제남에 떠도는 소문들이 흉흉하기 그지없었다.
소문은 소문을 타고, 급기야 백도련과 삼합회가 조만간 커다란 일전을 벌일 것이라는 풍문이 되어 중원 전체로 퍼져나가기 시작했다.

"유화야……."
윤이 수많은 위패 앞에 무릎을 꿇고 있는 무유화의 곁으로 다가가 속삭이듯 입을 열었다.
"알아……."
짤막한 한 마디.
비록 짧은 인생이지만, 그 음성 속엔 지금껏 살아온 무유화의 모든 삶이 담겨 있었다.
 원하든, 원하지 않든, 청도문으로 향했던 여정과 청도문에서의 경험은 무유화에게 너무도 많은 것을 일깨워주었다.
 강호의 비정함도, 약육강식의 매정함도, 그 속에서 싹트는 우정과 사랑도, 동료를 잃어야만 하는 슬픔과 아픔도……
 "어리석었던 내 자신이 부끄러워……"
 "알아가는 과정일 뿐이야. 결코 부끄러운 게 아니야."
 "내가 조금만 더 현명하게 대처했더라면, 이 사람들… 이렇게 생을 달리하진 않았을 거야."
 "너 자신을 다그칠 필요는 없어. 내가 본 넌 최선을 다했으니까."
 윤이 한쪽 무릎을 꿇곤 무유화의 어깨에 가만히 손을 올려놓았다.
 그의 손끝으로 가느다란 떨림이 전해졌다.
 "아니, 한낱 자존심을 내세워 이들을 죽음으로 내몬 건 안우문 대장이 아닌, 바로 나야. 비겁하게도 내 잘못이 아닌 양 모든 이들에게 나를 포장했어."
 무유화가 초점없는 시선으로 독백하듯 중얼거렸다.
 그 모습에서 윤은 무유화의 상처가 생각보다 더욱 깊음을 느낄 수 있었다.
 아니라고 부정하고 싶었지만, 그리고 그녀의 상처를 달래주고 싶었지만, 윤은 아무런 말도 꺼내질 않았다.
 그 누구도 무유화의 상처를 씻어줄 수는 없었다.

자신이 그랬던 것처럼 상처는 치유되는 것이 아니라 아무는 것임을 알고 있었기 때문이다.
"날 봐."
윤이 우수로 무유화의 턱을 조심스럽게 받히곤 그녀의 얼굴을 자신을 향해 돌려놓았다.
"보여?"
짤막한 한 마디를 던진 후 윤이 살포시 웃음을 지었다.
"……?"
윤의 말을 이해 못한 무유화가 고운 두 눈을 깜빡거렸다.
"이렇게 웃는 거야. 기쁠 때나 슬플 때나……."
"……."
"잘 참아왔잖아. 그리고 잘 이겨내고 있잖아."
무유화의 숨소리만으로도 그녀의 감정을 읽을 수 있을 만큼, 그녀가 살아온 삶을 그 누구보다 잘 아는 윤이었다.
"정 힘이 들면 마음껏 울어보기도 하고, 실컷 소리도 질러보고, 화도 내고, 짜증도 내고……. 하지만 나중엔 이렇게 다시 웃는 거야. 왜인 줄 알아?"
"……!"
무유화가 윤의 더없이 맑은 두 눈을 빤히 쳐다보며 그 답을 구했다.
"너의 웃음은 이제 너만의 것이 아니야. 이미 철혈무가의 것이 된 거야."
윤의 입가엔 여전히 부드러운 미소가 맴돌고 있었다.

어제도 봤던 미소였다.
그리고 예전 비질만 하던 윤이 보여준 그 미소였다.
수천 번, 아니, 수만 번을 봤던 미소였다.
그런데 왜일까.
무유화의 심장이 갑자기 달아오른 열을 토해내며 콩닥콩닥 뛰었다.
이 소리를 윤이 듣는다면 너무 창피해, 얼굴마저 붉게 달아오를 것만 같았다.
아니, 이미 얼굴이 달아올랐을지 모를 일이었다.
큰일이었다.
머릿속이 갑자기 하얗게 비어버렸다.
방금 전까지만 해도 아무런 느낌이 없었는데, 어깨에 얹힌 윤의 손끝에서, 턱을 받친 손길에서 그의 체온이 확 전해졌다. 이러면 안 되는 것 같은데, 그 느낌이 싫지 않았다.
"다시 힘내는 거야. 알았지? …늦었다. 그만 가자. 모두들 기다리고 있어."
윤이 이젠 여인이 되어버린 무유화의 볼을 톡톡 건드렸다.
이에 하얗게 비어 있던 무유화의 머릿속이 둔기를 맞은 듯 번쩍거렸다.
"응……."
무유화가 행여 들킬세라, 윤의 시선을 잽싸게 외면하곤 서둘러 신형을 일으켰다.

짧은 기간이지만 많은 일을 경험했던 여정을 마치고, 월하정 호위무사들과 단필엽을 필두로 한 철혈검대 사조가 마침내 철혈무가를 향해 길을 나섰다.
 나머지 대원들은 부상으로 청도문에 머물 수밖에 없는 철혈검대원들을 보살피는 것과 전멸에 가까운 타격을 입은 청도문을 지키기 위해 무유화의 명을 받들어 청도문에 머문 터였다.
 무유화는 모든 철혈검대원에게 청도문에 남을 것을 말했지만, 단필엽의 고집으로 어쩔 수 없이 사조는 무유화를 수행하게 되었다.
 철혈무가로 향하는 여정은 대체적으로 순조로웠다.
 하지만 그 누구도 긴장의 끈을 놓지는 않았다.
 이미 불시의 공격을 경험을 했던 터라, 오히려 긴장감은 더욱 높다 할 수 있었다.
 하지만 개중엔 심히 여유로운 자도 있었으니.
 "야, 적위! 너, 이 형님한테 할 말 없냐?"
 가오성이 아직까지 부상에서 완전히 자유롭지 못한 노적위를 쩨려보며 말했다.
 "뭐가?"
 창백한 낯빛의 노적위가 뚱한 표정으로 되물었다.
 "너 나한테 저엉말! 할 말 없냐?"
 "그러니까, 뭐가?"
 노적위의 입에서 짜증 섞인 음성이 튀어나왔다.
 "네노옴이… 온 동네 소문 다 내놨잖아."

누가 들을세라 주위의 눈치를 살피며 가오성이 개미 기어가는 소리로 속삭였다.

"뭔 소리야?"

노적위가 이건 또 무슨 뚱딴지같은 소린가 하며 인상을 살짝 구겼다.

"소, 소은이……."

가오성이 한 손으로 자신의 입을 가린 채, 눈알을 좌우로 데굴데굴 굴리며 속삭였다.

그런데.

"소은이가 뭐!"

'허, 허억!'

노적위가 갑자기 언성을 꽥 높이자 가오성이 깜짝 놀라 자신도 모르게 입을 쩍 벌렸다.

"갑자기 소은이 이야기가 왜 나오나?"

때마침 노적위 곁을 지나치던 단필엽이 그의 음성에 지나가는 말투로 물었다.

"그러게요. 소은이가 뭐?"

"어, 어? 어! 그게 그, 그러니까……."

노적위가 다시 묻자 가오성이 두 눈을 동그랗게 뜨곤 연신 단필엽의 눈치를 살폈다. 그런 그에게 노적위가 눈치도 없이 물었다.

"쯧쯧! 한심하긴……. 아직도 고백 못했어?"

"하하하! 그런 거였나?"

갑자기 단필엽이 대소를 터뜨리자 가오성의 얼굴이 순식간에 홍당무가 되어버렸다.

*　　*　　*

희미한 달빛이 객실 창가에 가만히 내려앉았다.
넓진 않지만 깔끔한 내실이다.
물론 월하정과는 비교도 할 수 없는 초라한 곳이지만, 노숙을 면한 것만도 다행이기에 무유화의 얼굴에는 흡족함이 가득했다.
"피곤할 텐데 그만 가서 쉬어, 난 괜찮으니까."
무유화의 작은 음성에, 창가에서 어둠을 빤히 응시하던 윤이 그녀를 돌아봤다.
"불편하니?"
"아, 아니, 그런 게 아니라……."
희미한 등불에 비친 무유화의 얼굴이 왠지 모르게 더욱 붉게 보였다.
"그럼 조금만 더 있을게."
윤이 아무렇지도 않다는 듯 말했다.
하지만 그의 전신은 긴장감으로 팽배했다.
또다시 암습이 있을까, 걱정이 일었던 까닭이다.
"피곤할 텐데 눈 좀 붙여. 난 신경 쓰지 말고……."
윤이 침상에 걸터앉은 무유화를 바라보며 무심하게 말을

했다.
 눈 좀 붙이라니, 참으로 답답한 소리였다.
 아무리 가까운 사이라지만 다 큰 남녀가 어두운 밤, 그것도 희미한 등불이 흔들리는 한 방에 같이 있건만.
 "……."
 무슨 말이라도 오갔으면 좋겠는데, 무유화는 무슨 말을 꺼내야 할지 난감했다.
 얼마 전까지만 해도 이런 적이 없었는데, 얼굴만 후끈후끈 달아오를 뿐이었다.
 "……."
 무유화는 애꿎은 손가락만 꼼지락거릴 뿐이었다.
 피곤한 것은 맞지만, 지금 이 순간 두근두근 뛰는 가슴 때문에 피곤을 느낄 겨를이 없었다.
 '이, 이러면 안 되는 거잖아!'
 무유화가 자신도 모르게 불쑥 찾아온 연정을 내심 크게 질책했다.
 연정(戀情)이라니.
 무유화가 세차게 고개를 저었다.
 하지만 내심 아니라고 외치면 외칠수록 그녀의 이성과 달리 무유화의 마음은 속절없이 무너져 내렸다.
 사치스런 감정임을, 이러면 안 되는 줄 뻔히 알면서도 무유화는 연정의 감정을 다잡지 못하는 자신이 그저 원망스러울 뿐이었다.

'바보…….'
무유화가 아랫입술을 피가 나도록 잘근 깨물었다.
그렇게 어둠은 점점 깊어만 갔다.

자신도 모르는 사이 잠에 푹 빠져버린 무유화의 곁으로 윤이 다가와 그녀의 이부자리를 꼼꼼히 살폈다.
잠든 무유화의 얼굴을 한참 바라보던 윤의 귓가로 건유운의 음성이 파고든 건 칠흑의 새벽녘이었다.
령령에게 무유화를 부탁하곤 자리를 옮긴 윤과 건유운.
먼저 입을 연 사람은 건유운이었다.
"이대로 복귀하실 참이십니까?"
"솔직히 저도 잘 모르겠습니다."
윤은 자신의 감정을 속이지 않았다.
"절맥지체의 염부심이 마령으로 다시 태어난 이상, 철혈무가는 이미 저들의 수중으로 떨어진 것이나 진배없습니다. 더구나 중전까지 월하정을 없애려 드는 이 마당에, 굳이 철혈무가로 되돌아갈 필요는 없다고 생각됩니다."
건유운도 자신의 솔직한 심정을 토로했다.
"달리 방법이 있습니까?"
윤이 물었다.
"우선은 안전한 곳으로 몸을 피한 후, 차후의 일을 계획함이 옳다 생각됩니다."
"그곳이 어디입니까?"

"천문입니다."
"천문?"
윤이 반문했다.
천문의 근거지가 있을 거라고는 한 번도 생각을 해본 적이 없었던 까닭이다.
"모든 은영이 영주를 기다리는 곳입니다."
"그랬군요."
윤이 가볍게 고개를 끄덕였다.
"저 또한 이해하기까지 무척 힘들었는데, 과연 유화가 이 상황을 받아들일 수 있을지 걱정입니다."
건유운의 의견에 동감은 가지만, 윤은 무유화가 마음에 걸렸다.
"그래도 설득을 하셔야 합니다. 아가씨를 설득할 수 있는 분은 오직 영주뿐이십니다."
건유운이 강경하게 말을 하지 않아도, 윤은 이미 무유화를 설득할 생각이었다.
천외천의 표적이 된 무유화를 철혈무가로 돌려보낸다는 것은 그야말로 자살 행위나 다름없었기 때문이다.
"알겠습니다. 설득해 보도록 하겠습니다."
"감사합니다. 영주······."
"감사하다니, 무슨 말씀이십니까. 감사는 오히려 제가 드려야지요."
윤의 얼굴에 미소가 걸렸다.

천살성의 기운을 다스리고부터는 윤의 표정이 무척 평온했다.

그 어떤 상황에서도 마음의 평정심을 잃지 않았다.

건유운은 그 자체만으로 윤에게 고마움을 느꼈다.

그만큼 윤의 존재가 천문에 미치는 영향은 지대했다.

"묻고 싶은 것이 있습니다."

"말씀하십시오, 영주."

"천문이 천외천과 일전을 펼친다면 우리의 승산은 몇 할 정도입니까?"

"으음……."

윤의 질문에 건유운의 표정이 심각하게 굳어졌다.

워낙 미묘한 문제이기에, 그 또한 확신이 서질 않았던 까닭이다.

"확답으로 생각하지는 말아주십시오."

"물론입니다."

윤이 고개를 끄덕이곤 대답했다.

"제 개인적인 소견으로는 우리가 이길 확률은 삼 할도 채 되지 않을 것이라 생각됩니다. 만약 천외천주가 부상을 완전히 털고 일어날 경우에는 그 승산은 일 할도 되지 못할 것입니다."

더 이상 감출 것도 없기에, 건유운이 자신의 생각을 솔직히 털어놨다.

그래도 자신의 생각과 달리 그 승산이 너무 낮았는지, 윤이 살짝 인상을 찡그렸다.
"천외천의 전력은 어느 정도입니까?"
"부영주의 말을 빌리면, 현재 천외천을 이끄는 자들은 여전히 전대의 마령들이고, 후대 첫 기수의 마령이 열 넷, 그리고 염부심을 비롯한 그 명수를 알 수 없는 마령들이 이번에 출관을 했습니다."
"전대 마령들의 능력은 어느 정도입니까?"
"으음······."
윤의 질문에, 건유운이 긴 한숨을 내쉬었다.
그런 그의 표정이 편치 않아 보였다.
"천하팔검, 무림구성과 그 어깨를 겨룰 수 있는 자들입니다."
"그 정도입니까?"
천하팔검, 무림구성과 자웅을 다툴 정도라니 윤이 다소 놀랍다는 듯 물었다.
천하팔검과 무림구성이라면 이 강호를 이끌고 있는 절대고수들을 일컫는 말이거늘.
"어쩌면 그들보다 뛰어날 수도 있을 것입니다."
"은영사주께서는 어떠십니까?"
윤이 눈을 반짝 빛내며 묻자 이번에는 정말 대답하기 곤란하다는 듯, 건유운이 곤혹스러운 표정으로 턱 끝을 매만졌다.
스스로를 평가한다는 것이 아무래도 주관적인 견해가 많이 포함되기에, 건유운이 대답하기를 망설였다.

"사숙과 일전을 치르려 했다 들었습니다."

망설이는 건유운을 바라보며, 윤이 이시백이 전해준 이야기가 갑자기 생각나 입을 열었다.

"사숙이라니요?"

건유운이 의아한 표정으로 물었다.

"이시백 어른께서 저보고 사숙이라 부르라 하더군요."

"아아……."

그제야 이해를 했다는 듯 건유운이 고개를 끄덕였다.

"사숙과 정녕 일전을 불사할 생각이셨습니까?"

"예."

"으음……."

윤의 입에서 절로 감탄 섞인 신음성이 새어나왔다.

건유운을 통해 은영칠주의 능력이 높은 줄은 알고 있었지만, 그들 또한 천하팔검과 어깨를 견줄 정도라니.

"은영삼주의 능력이라면 누구와 맞설 수 있겠습니까?"

"은영삼주는 은영 중 단연 최고라 할 수 있는 자입니다. 저 또한 은영삼주의 능력은 가늠키가 어렵습니다."

이번엔 전혀 막힘없이 건유운이 대답했다.

그런 그의 얼굴엔 확신에 가까운 표정이 깃들어 있었다.

"전대 마령과 맞선다면?"

"물론 제 예상이지만, 은영삼주라면 능히 그들을 제압할 수 있을 것입니다."

건유운이 곧바로 대답했다.

그런 그의 머릿속으로 얼마 전의 일이 불현 듯 떠올랐다.

윤과 대적할 엄두조차 내질 못한 자신과 달리, 은영삼주는 한 점 망설임도 없이 윤과 정면으로 대적했다.

그와의 첫 대면이었지만, 그가 건유운에게 남긴 모습은 놀람 그 자체였던 것이다.

"그를 만날 수 있는 방법은 무엇입니까?"

"없습니다."

"없다니요?"

"전대 영주께서 이르시길 때가 되면 스스로 그 모습을 드러낼 것이라 말씀을 하셨습니다."

"결국 은영삼주의 정체를 아는 사람은 단 한 명도 없다는 말씀이시군요."

"그렇게 알고 있습니다."

"할아버지께서도 모르신단 말입니까?"

"그것은 저도 잘……."

건유운이 말끝을 흐렸다.

그렇게 윤과 건유운과의 대화는 날이 밝을 때까지 계속 되었다.

第四章 돌아온 유

수호무사

무유화의 반대에 부딪힐 것이라는 윤의 걱정은 한낱 기우에 불과했다.

무유화는 어리지도, 어리석지도 않았다.

아니, 그녀의 생각은 호수처럼 깊었고, 그녀의 두뇌는 총기로 가득했다.

오히려 한걱정을 하던 윤이 무안할 정도로 무유화의 반응은 그의 예상을 완전히 뒤엎어 버렸다.

묵묵히 윤의 말을 들은 후, 그녀가 한 일이라곤 가만히 고개를 끄덕인 것뿐이었다.

천문은 무엇이고, 천외천이 무엇인지, 그리고 자신이 타고났다는 화령지체는 또 무엇인지······.

수많은 궁금증이 그녀를 괴롭혔을 텐데, 무유화는 윤에게 그 어떤 질문도 던지지 않았다.

다만 무유화는 윤의 안전과 철혈무가 식솔들의 안녕만을 걱정했을 뿐이다.

그래서 윤이 자신은 철혈무가로 다시 돌아가야만 한다고 말했을 때, 건유운보다 앞서 그를 말렸던 것이다.

하지만 건유운이 두 시진에 걸쳐 윤을 말린 것과 달리, 무유화는 이 또한 끝내 윤의 의견을 순순히 받아들였다.

오히려 건유운을 말리는 대담함까지 보였던 것이다.

윤과 가오성, 그리고 단필엽이 철혈무가의 대전을 가로지르고 있었다.

그들이 대전을 막 넘어설 때 한 사내가 그들을 맞았다.

그는 다름 아닌 염부심이었다.

"수고 많으셨습니다."

"공자님을 뵙습니다."

염부심이 단필엽을 향해 가볍게 포권을 하자 단필엽이 공손히 인사를 건넸다.

"그런데 아가씨가 보이질 않는군요? 월하정으로 향한 것입니까?"

염화탁이 의아하다는 듯 단필엽에게 물었다.

"아가씨께서는……."

말끝을 흐리는 단필엽.

그때였다.

"잠시 들릴 곳이 있다 하며 차후에 복귀를 할 것이니, 그리 전하라 하더군요."

그 어떤 흔들림도 없는 눈빛으로 윤이 말을 했다.

그 모습이 염부심은 무척이나 생소했다.

이미 윤이 바보가 아니라는 사실을 전해 들었지만, 막상 면전에 두고 보니 적응하기가 좀처럼 쉽지 않았다.

"기연을 만난 것이냐? 아니면 그동안 감춰왔던 허울을 벗은 것이냐?"

천문의 은영일지도 모를 윤을 향해, 염부심이 냉소를 지으며 물었다.

"깨어나니 이렇게 되어버렸더군요. 그리고 보면 기연을 만난 것이 옳다 말할 수 있겠군요. 인사드립니다. 그간 편안하셨습니까?"

윤이 염부심을 향해 공손히 허리를 굽혔다.

그러자 곁에 있던 가오성이 슬금슬금 눈치를 보며 덩달아 허리를 굽혔다.

"깨어나니 별세상이라……. 후후후……. 그것참, 신기하구나. 그래도 반갑기는 하구나. 오랜만에 보니 이렇게 감회가 새로울 줄이야."

염부심이 미소를 지으며 입을 열었다.

그러던 그가 어정쩡하게 서 있는 가오성을 무심한 눈빛으로 바라봤다.

"오랜만이오."
"가모, 공자님을 뵙습니다."
재차 고개를 숙이는 가오성.
그의 표정은 완전 죽을상이었다.
바늘방석에 앉은 기분이 이럴까 싶었다.
'쌍! 이거 아무래도 골로 갈 거 같은데. 저 지랄 같은 놈이 나를 가만히 놔둘 리가 없는데……. 아, 쌍! 쌍! 쌍! 내가 왜 사형을 따라와서! 아가씨를 따라가라고 할 때, 모르는 척 그냥 갈 걸.'
"좋아 보이는군요."
"모두가 공자님의 덕분이 아니겠습니까."
"후후후……."
가오성의 넉살에 염부심의 한쪽 입아귀가 길게 찢어졌다.
'조금만 기다리거라. 곧 저 하늘로 보내줄 터이니…….'
들끓는 살기를 억누르며, 염부심이 속으로 이죽거렸다.
"어쨌든 고생이 많았다 하던데. 다친 곳은 없느냐?"
"덕분에……."
"내가 뭘 어찌 했다고, 모두가 내 덕분이라는 것인지 모르겠구나. 그래도 별탈은 없어 보이니 참 다행이다."
"감사합니다."
윤이 가볍게 고개를 숙였다.
그런 그를 일견한 후, 염화탁이 단필엽을 향해 입을 열었다.
"어서 들어가 보십시오. 아버님께서 벌써부터 기다리고 계십니다."

"예……."

단필엽이 가볍게 목례를 하곤 이내 걸음을 옮겼다.

"철혈검대 제사조장 단필엽, 가주께 보고 드립니다."

단필엽이 오른 상박을 가슴께로 올리곤 절도있게 말을 했다.

"유화는 어쩌고, 어째서 네가 보고를 올린단 말이냐?"

"아가씨께서는 잠시 들를 곳이 있다하시며, 가주께 차후에 복귀를 할 것이라 말씀을 올리라 하셨습니다."

"잠시 들를 곳이라니?"

염화탁의 미간이 잔뜩 찌푸려졌다.

태어나 철혈무가를 떠난 적이 없는 무유화일진대, 들를 곳이라니.

도대체가 말이 되질 않는 이야기였다.

"행선지가 어디라 하더냐?"

"그것은 저도 잘……."

"뭐라? 행선지도 모른다고? 대체 그것이 말이나 될 법한 소리인가!"

쾅!

무유화가 걱정이 되어서 그런 것인지, 염화탁이 신경질적으로 탁자를 후려쳤다.

"유화를 수행하는 자는 누구이냐?"

돌아온 윤 107

염화탁이 흥분을 억누르며 물었다.
"월하정 호위무사들과 함께 움직이셨습니다."
"철혈검대장은 대체 무엇을 하고 있었던 게냐?"
"청도문을 나선 후 벌어진 일이라, 대장은 이 사실을 모르고 있을 것입니다."
염화탁의 기에 주눅이 들 법도 하련만, 보고하는 단필엽의 표정은 담담하기 그지없었다.
탁!
"이거 원! 도대체가 제대로 돌아가는 일이 없구나."
염화탁이 또다시 탁자를 내려치곤 중얼거렸다.
그런 그가 이내 짧게 입을 열었다.
"보고하라."

그 시각.
월하정으로 들어선 윤을 소은이 팔짝팔짝 뛰며 반겼다.
"윤아! 무사했구나! 내가 얼마나 걱정을 했는지 알아! 근데 아가씨는? 중전에 계신 거야?"
소은이 윤의 뒤를 두리번거리며 물었다.
"며칠 뒤에 도착할 거야. 어쩌면 몇 달이 될 수도 있고. 어쨌든 당분간은 볼 수 없을 거야."
"뭐라고? 그게 무슨 말이야? 가뜩이나 소문이 흉흉해서 심란해 죽겠는데. 며칠은 또 뭐고, 몇 달은 또 뭐야? …가, 가만! 너 근데… 바, 방금 전에 뭐라 했니?"

여전히 윤이 바보인줄 알고 있는 소은이 갑자기 황당한 표정을 지었다.

"바보 아니다. 그리고 앞으로 오라비라고 해라. 나이도 어린 것이 사형한테 꼬박꼬박 반말이야. 쓰읍!"

가오성이 대뜸 끼어들어 입을 열었다.

그런 그의 얼굴이 썩은 표정으로 가득했다.

"바보가 아니라니! 그게 무슨 말이에요?"

"그걸 왜 나한테 물어봐? 직접 물어봐."

'제길! 나는 사람도 아닌가. 왜 내 안부는 안 물어봐! 죽다 살아났구먼······.'

가오성이 심통이 난 이유는 뻔했다.

그런 그의 마음을 아는지 모르는지, 소은은 여전히 윤의 팔에만 매달릴 뿐이었다.

"윤아, 바보가 아니라니? 대체 그게 무슨 말이야?"

"응. 말 그대로, 바보가 아니라고. 후후······."

윤이 소은을 내려다보며 밝은 미소를 지어보였다.

"어, 어머! 저, 정말 말을 안 더듬네. 대, 대체 이게 무슨 조화래!"

'말은 지가 더듬으면서······.'

가오성이 속으로 이죽거렸다.

그런 그가 갑자기 소리를 빽 질렀다.

"밥 안 줘! 배고파 죽겠는데!"

"앗! 깜짝이야! 귀청 떨어질 뻔했잖아요!"

'난 심장이 뚫릴 뻔했다고……. 그래도 너를 생각했는데! 너는 왜 이런 내 마음을 몰라 주냐고!'

"만날 나만 보면 밥 타령이야. 내가 무슨 아저씨 부인이라도 되요?"

소은이 가오성을 향해 두 눈을 잔뜩 흘기며 말을 했다.

'네가 내 부인이면 내가 왜 밥을 달라 하겠니. 내가 해다 바치지. 제, 제길!'

　　　　　*　　　*　　　*

"윤이가 왔다고?!"

카랑카랑한 음성이 월하정을 쩌렁쩌렁 울렸다.

윤이 돌아오기 며칠 전, 용사량의 행방을 찾기 위해 철혈무가를 다시 찾은 이시백의 음성이었다.

저자에서 볼일을 보던 중 윤이 돌아왔다는 소식을 듣곤 부리나케 월하정으로 달려온 터였다.

"사숙 그간 평안하셨습니까."

그 소리가 워낙 컸던지라, 윤이 황급히 거처에서 튀어나와 이시백에게 넙죽 허리를 숙였다.

"오냐. 성한 것을 보니 이제야 한시름을 좀 놓겠구나."

윤의 인사를 받는 이시백이 넉넉한 미소를 지었다.

"어, 어라! 그런데 네 말투가 조금 이상하구나."

달라진 윤의 모습에 이시백 또한 소은처럼 두 눈을 동그랗게 됐다.
"어떻게 하다 보니 이렇게 됐습니다, 사숙."
"으음······."
이시백이 가벼운 한숨을 내쉬었다.
어떤 연유일까, 무척 궁금했지만 무슨 사정이 있을 것이라 생각한 이시백이 이내 호기심을 눌렀다.
다른 사람 같았으면 호들갑을 떨었을 텐데, 역시 천하팔검 이시백의 행동은 범인과는 달랐다.
"그간 고생이 많았다 들었는데, 어쨌든 수고가 많았구나."
"감사합니다, 사숙······."
윤이 이시백을 향해 다시 한 번 깊이 허리를 굽혔다.
"유화는 돌아오지 않았다 들었는데, 대체 그것이 무슨 말이더냐. 유화가 갈 때가 어디 있다고······. 여기서 이럴 것이 아니라, 우선 안으로 들자꾸나."
이시백이 한걱정이 담긴 음성으로 입을 열었다.

내실로 들어선 이시백과 윤.
"대체 유화는 지금 어디에 있는 것이냐? 어째서 같이 돌아오지 않고, 너만 돌아온 것이냐? 그 시건방진 놈도 안 보이고······."
이시백이 심려가 가득한 눈빛으로 물었다.
"월하정 호위무사들과 함께 잠시 다녀올 때가 있다고만 해놓고 떠나서, 사실은 저도 유화가 지금 어디로 향하는지는 잘 모르는 상태입니다."

"철혈무가를 떠나 산 적이 없는 아이이거늘……. 유화가 아무리 그랬어도, 네가 적극적으로 말렸어야지."

"그 고집이 너무 완강하여……."

"그래도 그렇지……. 그나저나 이 아이가 대체 어디를 간 것이란 말이냐. 하아……. 상황이 이리 뒤숭숭한데, 자칫 봉변이라도 당하면 어쩌려고."

이시백이 무릎을 치며 탄식을 터뜨렸다.

"……."

갑자기 찾아든 침묵.

"그런데 무슨 일로 철혈무가를 찾으신 것입니까?"

윤이 침묵을 몰아내며 물었다.

"저번에 네게 말을 하지 않았더냐?"

"할아버지를 찾기 위해……."

"그렇다. 조만간 정검문의 일대제자들 모두가 철혈무가로 올 것이다. 그들이 도착하는 대로 형님의 행방을 찾을 생각이다."

"으음……."

윤의 입에서 가벼운 한숨이 새어나왔다.

설마하니 정말로 정검문의 일대제자들을 다 데려올 줄은 몰랐던 까닭이다.

'솔직히 말씀을 드려야 하는 것일까.'

순간 윤이 고민했다.

하지만 이내 고개를 젓는 그였다.

이시백에게는 미안한 일이지만, 아직은 때가 아니라 판단이 들었기 때문이다.

"전 중원을 뒤져서라도 내 꼭 형님을 찾을 것이니, 너무 걱정은 말거라."

"예. 사숙······."

윤이 공손한 음성으로 대답했다.

그런 그에게 이시백이 조심스레 물었다.

"그런데 지금까지 일부러 바보 흉내를 냈던 것이냐?"

"꼭 그런 것이 아니었습니다."

"무슨 연유가 있었던 게로구나. 혹, 전대 련주와 관련된 일이냐?"

눈치 빠른 이시백이 다시 물었다.

"그렇습니다."

윤이 솔직히 대답했다.

"으음······. 그랬던 것이구나. 내 그렇다면 더 이상 묻지 않으마. 어쨌든 많이 좋아 보이는구나. 깨달음이 있었던 게냐?"

예전과 또 달라 보이는 윤의 분위기를 읽곤 이시백이 중얼거렸다.

"예······."

"껄껄! 그놈 참. 보면 볼수록 신통방통하구나."

이시백이 기분 좋게 웃음을 터뜨렸다.

그 시각.
적여립이 무거운 표정을 한 채 염부심의 거처로 들어섰다.
적여립이 들어서자 염부심이 공손히 그를 맞았다.
"윤이 돌아왔다 하던데……."
"그렇습니다."
"어떻던가?"
"좋아 보이더군요. 호승심이 일 정도로……. 역시 바보도 아니었구요."
"은영일 확률이 높다는 말이겠군."
적여립이 턱 끝을 매만지며 중얼거렸다. 그리곤 이내 딱딱하게 굳은 얼굴로 물었다.
"무유화는 왜 돌아오지 않은 것인가?"
그가 철혈무가에 머무는 이유가 무유화 때문이거늘, 그녀가 갑자기 사라져버렸으니 그의 마음이 초조하고 난감할 수밖에 없었다.
"그 이유를 알 수가 없습니다. 들릴 곳이 있어 복귀가 늦어질 것이라 전해 들었을 뿐입니다."
그 이유는 달랐지만, 난감하긴 염부심도 마찬가지였다.
오매불망 무유화가 돌아오기만을 기다렸건만.
"으음……."
적여립이 무겁게 한숨을 내쉬었다.
'도대체 어디서부터 잘못된 것이란 말인가!'
상황이 어느 순간부터 뜻대로 진행이 되질 않았다.

적여립이 곰곰이 생각해 보니, 일이 어긋날 때마다 그 중심에는 항상 윤이 있었다.
"월하정 호위무사들도 복귀를 하지 않았다 하던데……."
"그렇습니다."
"만약 그들 모두가 은영이라면, 무유화는 결코 철혈무가로 돌아오지 않을 것이다."
"그 누구보다 철혈무가를 아끼는 그녀인데, 정말 그렇게 믿습니까?"
"바보가 아닌 이상, 그 누가 있어 제 발로 호랑이 굴로 들어올 수 있단 말인가."
"윤은 돌아오지 않았습니까?"
염부심이 반문했다.
"그것이 의문이다. 제 무덤이 될 수 있는 곳으로 왜 홀로 들어왔는지……."
윤이 홀로 돌아온 것은 분명 이해할 수 없는 부분이었다.
"은영이 아니라면 가능한 것이 아니겠습니까?"
"그렇게 보는가?"
적여립이 오히려 물었다.
"물론 그건 아니지만……."
염부심이 확신 없는 표정으로 고개를 가로저었다.
"어쨌든 무유화의 행방을 찾는 것이 우선이어야 할 터. 묘안이 없는가?"
적여립이 답답한 마음에 염부심에게 물었다.

하지만 염부심이라고 뾰족한 방법이 있을 리 없었다.
"직접 물어볼 수밖에 없겠지요."
현재로서는 윤을 다그치는 것이 가장 최선의 방법이라 생각한 염부심이 나지막한 음성으로 말을 했다.
"어찌 그의 입을 열 수 있단 말인가?"
"강제로라도 열어야않겠습니까."
"굴복이라도 시키자는 말인가?"
"윤이 은영이라면 어차피 제거대상이거늘, 뭐가 문제란 말입니까."
"으음……."
한 점 망설임도 없는 염부심의 말에 적여립이 가볍게 신음을 내뱉었다.
'대관절 무슨 꿍꿍이로 홀로 돌아온 것일까. 그만큼 자신이 있다는 말인가.'
풀리지 않는 숙제에 봉착한 듯, 적여립의 표정이 잔뜩 일그러졌다.
'방법이 그뿐이라면…….'
"사제가 기회를 좀 만들어주어야겠네."
이내 상념을 떨쳐내곤 적여립이 입을 열었다.
"대사형께서 직접 처리하실 생각입니까? 제 선에서 정리를 해도 될 것 같은데……."
염부심의 표정에 자신감이 넘쳐흘렀다.
절맥지체는 하늘이 내린 저주임과 동시에 축복이었다.

절맥지체의 신체를 가진 이가 역천대법의 시술을 받게 되면 그 누구보다 강한 신체를 얻을 수 있는 까닭이다.

그런 점으로 미루어본다면 염부심의 자신감은 어찌 보면 당연한 일이었다.

'점점 더 기 기운이 강해지는구나.'

염부심을 바라보는 적여립이 내심 감탄을 터뜨렸다.

"이 일은 내가 알아서 처리할 터이니, 사제는 가주의 일을 좀 도와야 할 걸세."

"예. 알겠습니다."

* * *

어두운 밤, 단필엽이 주위를 경계하며 은밀히 윤의 거처를 찾았다.

"오셨습니까?"

"오셨소."

마치 단필엽이 올 줄 알고 있었다는 듯 윤과 가오성이 동시에 일어나 그를 맞았다.

"번거롭게 뭘 일어서나. 그만 앉게."

단필엽이 말을 툭 내뱉곤 자신도 의자를 하나 빼내어 앉았다.

"보고는 잘 마치셨습니까?"

"전갈을 통해 다 알고 있는 사실이거늘. 그저 통상적 절차였을 뿐이네."

 윤이 묻자 단필엽이 별일도 아니라는 듯 담담한 어조로 대답했다.

 "어떤 움직임을 보일 것 같습니까?"

 윤이 물었다.

 중전의 움직임을 말함이었다.

 "예상대로 삼합회에게 대대적인 보복을 행사할 것 같네."

 "철혈검대가 저리 무너졌으니, 염화탁 성격에 가만히 있을 리가 없지. 아암……."

 가오성이 끼어들며 이죽거렸다.

 "철혈무가 자체적으로 움직이지는 않을 것 같은데, 어찌 생각하십니까?"

 윤이 또다시 물었다.

 "그럴 명분도 없을 뿐더러, 위험을 감수할 필요가 있겠나. 어쨌든 조만간 백도련의 수뇌들이 다시 모일 것 같네. 그때 모든 것은 결정이 나겠지."

 "흑풍대주의 말이 자꾸 마음에 걸리는군요."

 "무엇이 말인가?"

 "청도문을 공격한 무리가 삼합회가 아니라는 말……."

 "그 말을 어찌 온전히 믿을 수 있겠는가."

 "물론 그렇지만 이상하게도 그 이야기에 진심이 느껴졌습니다. 약속대로 제남지부를 해체한 것도 그렇고……."

 "하긴, 소문을 듣자 하니, 결코 허언을 할 사람이 아니라던데……. 더구나 천하팔검 중 한 사람인데, 명성에 금이 갈 짓을 하겠어."

가오성이 사뭇 진지한 낯빛으로 중얼거렸다.

"삼합회가 아닌 제삼의 조직이 청도문을 공격했다면……. 설마 무림맹의 짓이란 말인가?"

백도련과 삼합회를 이간질시켜 득을 볼 수 있는 곳은 무림맹뿐이었다.

하지만 이내 고개를 설레설레 젓는 단필엽이었다.

강호의 지존 노릇을 하는 무림맹이 뒤에서 협잡질을 했다는 것이 도무지 믿겨지지 않았던 까닭이다.

"삼합회와 무림맹이 손을 잡을 확률은 얼마나 될까요?"

윤이 단필엽에게 물었는데, 대답은 엉뚱하게도 가오성의 입에서 튀어나왔다.

"하아! 그건 정말 아니다. 콧대가 얼마나 센 놈들인데, 그런 무림맹 놈들이 사파랑 손을 잡아? 지나가던 개가 웃을 일이지. 그건……."

"백도련의 힘을 견제하기 위해서 삼합회와 무림맹이 손을 잡는다? 물론 그럴 수도 있겠지만, 글쎄……. 나 또한 오성의 생각과 같네. 만약 그 사실이 강호에 퍼지는 날이면 오히려 독을 떠안는 꼴이 될 것인데. 무림맹이 그런 위험을 감수할 필요가 있을까 싶네."

"그렇겠지요."

윤 또한 생각이 같은지, 고개를 끄덕였다.

그리곤 그가 이내 입을 또다시 열었다.

"그렇다면 흑풍대주의 말이 사실이라면, 하나만큼은 확실하겠군요."

"무엇이 말인가?"

단필엽이 물었다.

"백도련도, 무림맹도 모르는 제삼의 무리가 존재한다는 사실. 물론 삼합회는 그 존재를 알 수 있을 테고……."

"으음……. 제삼의 존재라……. 윤이, 자네 너무 비약하는 것은 아닌가? 삼합회가 손을 잡을 정도로 큰 조직이 세상천지에 어디 있단 말인가."

아무리 생각을 해봐도 그럴만한 조직이 없거늘, 단필엽이 다소 회의적인 음성으로 중얼거렸다.

"혹시 아오? 이 강호가 모르는 비밀조직이 존재할지……."

가오성이 의미심장한 눈빛을 번뜩이며 끼어들었다.

하지만 단필엽의 표정은 여전히 회의적일 뿐이었다.

"삼합회주 나도진은 어떤 인물입니까?"

"나도 얼굴은 본적은 없네만. 낭인들 사이에서는 전설적인 인물이라 할 수 있지. 특별한 사문도 없이, 무림구성의 일좌를 차지했을 정도이니 말이야. 어쨌든 삼합회란 조직이 결성될 수 있었던 결정적인 역할을 했던 인물 중 하나가 바로 나도진이네. 소문에 의하면 녹림채주가 전적으로 그를 밀어주어 삼합회주의 자리에 오를 수 있었다는군."

"무림구성에서 그의 위치가 어느 정도라 생각하십니까?"

"그 진위 여부는 알 수 없으나 들리는 말에 의하면 염왕까지 꺾었다 하던데. 만약 그것이 사실이라면 상좌 중 한 자리를 차지할 수 있겠지."

무림을 좌지우지하는 천하팔검과 그 어깨를 견줄 수 있다는 무림구성이다.

그 무림구성의 상좌를 차지할 정도라니.

"그에 관한 조사를 좀 부탁드려도 되겠습니까?"

"낭왕에 대해서는 워낙 알려진 바가 없어서……. 내 알아는 보겠네만, 너무 기대는 하지 말게."

"부탁드리겠습니다."

"알겠네."

단필엽이 짧게 대꾸했다.

"그나저나 이시백 어르신께서 월하정에 머물 것이라고 하던데, 사실인가?"

"예. 조만간 도착할 정검문 일대제자 분들과 함께 월하정에 머무실 것이라 하셨습니다."

"다행이군. 이시백 어르신과 정검문 일대제자 분들이 월하정에 머무신다면 아무리 염화탁이라 해도 함부로 해코지를 가할 수는 없을 것이야."

단필엽이 고개를 끄덕이며 다행이라는 표정을 지었다.

"다행은 다행인데……. 성격이 엄청 꼬장꼬장하던데. 앞으로 그 비위를 어찌 다 맞춘다냐. 하아……."

가오성이 푸념 섞인 음성을 토해내곤 긴 한숨을 내쉬었다.

"감히 우리 같은 자들이 어찌 어르신의 깊은 마음을 읽을 수 있겠나."

"우리가 어때서요?"

"후후후……."

가오성이 뚱한 표정으로 반문하자 일순 윤과 단필엽의 얼굴에 미소가 떠올랐다.

"외전의 분위기를 이끄는 것은 어때?"

미소를 지우곤 윤이 가오성에게 물었다.

"말도 마라. 만득이 놈이 얼마나 떠벌리고 다녔던지, 어디를 가든 다 사형 이야기밖에 안 하더라. 검귀가 따로 없다나 뭐라나. 물론 내 이야기도 엄청 하지. 혈불을 꺾은 걸 그놈이 봤으니……. 크크!"

가오성이 뭐가 그리 신이 났는지 입을 가리곤 연신 기괴한 웃음을 흘려댔다.

"어쨌든 외전의 분위기는 사제가 알아서 잘 이끌어가도록 해."

"이 사제가 누구냐. 걱정 붙들어 매라."

가오성이 자신감 가득한 표정으로 가슴팍을 쿵쿵 두드렸다.

그 시각.

늦은 밤임에도 염화탁은 쉽사리 잠을 청할 수가 없었다.

꼬일 때로 꼬여 버린 상황이 그의 머릿속을 계속해서 괴롭혔던 까닭이다.

"어쩌면 윤이 아가씨를 빼돌렸을지도 모를 일입니다. 아니, 확실할 것입니다."

잠 못 이루는 염화탁의 면전에서 음서서가 입을 열었다.

"윤이 무슨 연고가 있어, 유화를 빼돌릴 수 있단 말이오?"

"아가씨가 독단적으로 움직였다면 그것이 오히려 더 말이 안 되는 것 아닙니까?"

이것도 말이 안 되고, 저것도 말이 안 되고, 염화탁은 골머리만 지끈거릴 뿐이었다.

"하아……. 대체 어디로 사라졌단 말인가."

염화탁이 답답한 듯 길게 한숨을 토해냈다.

"혹, 눈치를 챈 것은 아닐까요?"

"무슨 눈치를 말이오?"

염화탁이 물었다.

"자신들을 해하려 한 것이 중전이란 사실을 눈치챈 건 아닌지……."

음서서가 말꼬리를 흐렸.

"설마 그 사실을 어찌 눈치를 챌 수가 있겠소. 만약 그 사실을 알았다면 윤이 어찌 본가로 돌아올 생각을 했겠소."

"생각할수록 대단한 놈입니다. 본가의 식솔들을 지금껏 속인 것만 봐도 알 수 있는 사실이 아닙니까. 바보가 아니라 천재에 가까운 놈입니다. 그놈을 가벼이 생각해서는 절대 안 될 것입니다."

"으음……."

염화탁이 다시금 긴 숨을 토해냈다.

"어쨌든 내일이라도 당장 그 행방을 찾도록 지시를 내려야 않겠습니까?"

"안 그래도 그럴 참이오."

"윤이는 어쩔 참이십니까?"

음서서가 의미심장한 표정을 지으며 물었다.

염화탁은 쉽사리 입을 열지 못했다.

청도문으로 떠났을 때 어떻게든 해결을 봤어야 했는데, 모든 일이 틀어진 지금 그 처리가 너무도 난감하기만 했다.

더구나 이시백까지 월하정에 머물기를 청하고 있으니 갈수록 태산이었다.

"굳이 상공께서 나서실 필요는 없질 않습니까. 적 소협에게 한 번 더 부탁을 하는 것이 어떻겠습니까? 적 소협 또한 우리에게 상당히 미안해하는 눈치더군요."

"으음……."

"분명 전대 가주와 그 연이 닿은 아이일 것입니다. 용사량이 자신의 절기까지 내어준 것만 봐도 심상치 않은 놈입니다. 이대로 가만히 내버려둔다면 본가의 후환거리가 될 것이 분명합니다. 가오성도 그렇고, 월하정으로 꼬여든 호위무사들도 그렇고, 그 하나하나가 범상한 놈들이 없습니다. 상공, 용단을 내리셔야 합니다."

염화탁은 가만히 있어도 복잡한데, 음서서의 이야기를 들으니, 머리가 당장에라도 깨질 것만 같았다.

"이제는 섬서일검까지 옆에 끼고돌 기세이니 문제가 아니겠소. 정검문 일대제자들까지 불러들이려 하고 있으니. 하아, 이거야 원!"

염화탁은 기가 막혀 말도 안 나왔다.

아무리 무진강, 용사량과 가까웠던 사이라지만 그래도 엄연히 남의 집이거늘, 자기 집처럼 드나드는 이시백의 행동이 아니꼬울 수밖에 없었던 까닭이다.

그렇다고 싫은 내색을 할 수도 없는 노릇이고, 이처럼 난감할 때가 또 없었다. 그 이유가 용사량의 거취를 찾기 위해 내린 백도련 의제에 따른 행동이라 더욱 그러했다.

음서서의 말마따나 윤을 저리 방치하는 것도 마음에 걸리고.

뭐가 일이 이렇게 꼬인 것인지, 답답한 마음에 염화탁의 입에선 한숨만 계속 새어나왔다.

第五章 적여림과 맞서다

수호무사

석양이 내리깔린 오후 무렵.

오늘도 어김없이 용화주루는 손님들로 북적이기 시작했다.

음식이 특별히 맛있는 것도, 그렇다고 내부 분위기가 좋은 것도 아닌데, 이상하리만치 용화주루는 손님들의 발길이 끊이질 않았다.

"썩을! 뭔 사람이 이렇게 많아. 음식 맛도 더럽게 없는데……."

무시무시한 인상의 대머리 장한이 연신 투덜거렸다.

그는 다름 아닌 도삼이었다.

"벌써 네 접시나 비웠구나."

"배가 고파서 그러오. 배가 고파서……. 누가 맛있어서 먹었는지 아시오?"
 말하는 꼬락서니를 보아하니 원치경에게 잔뜩 불만을 품은 모양새였다.
 "인상 좀 펴거라. 겁나서 입을 열 수가 없겠구나."
 "누가 들으면 진짠 줄 알겠소."
 "진짜다."
 "참내……."
 도삼이 원치경과는 더 이상 말도 섞기 싫다는 양 고개를 팩 돌리곤 콧방귀를 뀌었다.
 그 모습이 골이 잔뜩 난 상태로 보였다.
 하긴 대막으로 돌아가는 줄 알고 그렇게 좋아하던 도삼인데 또다시 적의 소굴로 기어들어왔으니, 그로서는 미치고 팔짝 뛸 노릇이었다.
 "뭐 주어먹을 게 있다고, 여기까지 온 건지……. 다른 곳이면 내 말도 안 해. 철혈무가가 말이나 돼. 아니, 철혈검대를 반이나 죽여 놓고……. 미치지 않고서야 이럴 수는 없지. 아암……. 미치지 않고서는 저얼대! 이럴 수는 없는 거야."
 "반은 아니구나. 그리고 몇 명이 죽은 것은 사실이지만, 대부분은 멀쩡히 살아 있는 것으로 알고 있다."
 "이거나 그거나……."
 원치경과는 시선도 마주치지 않고 도삼이 이죽거렸다.
 그러던 그가 도저히 참을 수 없었든지 인상을 팍 찡그리곤 물었다.

"하아……. 진짜 답답해 미치겠네. 아니, 여긴 대체 왜 온 거 우? 정말 미친 거유?"

"돈도 두둑하게 벌었는데, 유람 좀 하는 것도 죄가 되느냐? 뼈 빠지게 고생한 보람은 있어야 않겠느냐?"

"지금 이 상황에서 농담이 나옵니까?"

"난 진담을 말하는데, 농담이라니? 내 말을 그리 왜곡해서 듣다니, 좀 서운하구나."

"하아… 내 말을 말아야지. 말을 하면 뭣하나. 열만 뻗치는 것을……."

도삼이 말할 기운도 없는지 고개를 푹 떨어뜨렸다.

그때였다.

"철혈검대가 아주 박살이 났다던데, 그게 사실인가?"

도삼의 근처에 자리를 틀고 앉은 한 사내가 잔뜩 상기된 얼굴로 입을 열었다.

그 복장을 보아하니 철혈무가의 무인으로 보였다.

그에 도삼의 목이 괜히 움츠러들었다.

"소문을 듣자 하니 삼합회 제남지부장과 부지부장이 철혈검대를 아주 박살을 냈다 하던데……. 도대체가 믿을 수가 있어야지."

"하긴, 말도 안 되는 소문이지. 삼합회 제남지부의 떨거지들이 어찌 철혈검대를 박살을 낼 수 있단 말인가. 미친놈들이 떠벌린 소문일 게야."

"오성이가 혈불을 쓰러뜨린 것은 말이 되는 소문인가, 그럼?"

적여립과 맞서다 131

수염이 덥수룩한 사내가 마주한 사내들을 쓱 둘러보곤 입을 열었다.

"만득이가 두 눈으로 직접 봤다는데, 그 말은 믿어야지."

"하여간, 가주께서 백도련 회합을 다시 열려 하신다는데, 삼합회 놈들 이젠 다 죽는 거지. 뭐……."

"잠잠하다 했더니 슬슬 피 냄새가 진동을 할 것 같구먼."

삼삼오오 모여앉아 떠드는 이야기들은 대부분 동일했다.

"쟤네들 하는 말이 안 들립니까? 이제 삼합회는 끝이라 하는데요. 내 아무리 생각을 해봐도, 그 시발점은 바로 우리 같은데."

도삼이 원치경의 면전에 얼굴을 바짝 들이밀곤 속삭이듯 말을 했다.

그런데 원치경은 주루의 문가만을 주시하고 있을 뿐이었다. 당연히 도삼의 말이 귀에 들어올 리 없었다.

그때였다.

"저기 오시는구나."

원치경이 만면에 웃음을 지으며 벌떡 일어섰다.

그에 도삼이 어리둥절한 표정을 지으며 덩달아 어정쩡하게 신형을 일으켰다.

'저 늙은이는 또 뭐야?'

한 노인이 주루로 들어서자 가뜩이나 안 좋은 도삼의 인상이 더욱 험악하게 일그러졌다.

"그간 평안하셨습니까, 형님……."

원치경이 허리를 깊이 숙였다.

'혀, 형님이라고? 나이 차가 얼마인데, 형님이야!'

도삼이 속으로 이죽거렸다.

"아우, 이게 대체 얼마 만인가! 대막의 생활이 그렇게도 좋았는가. 어찌 그 오랜 시간 얼굴 한 번 비추질 않았단 말인가."

"죄송합니다. 형님. 대막의 삶이라는 게 워낙 팍팍해서……."

원치경이 머쓱한지 뒷머리를 쓸었다.

"아무래도 그렇겠지. 내 다 이해하네. 그런데 이 아이는 누구인데, 인상을 이리 쓰고 있나?"

'이 아이? 이 늙은이가 정말!'

졸지에 아이 취급을 받은 도삼이 두 눈을 부라렸다.

그런 그의 귓가로 원치경의 음성이 파고들었다.

"대막에서 같이 생활하는 제 아우입니다. 형님께서도 익히 들어보셨을 것입니다. 살혼도라고……."

"아! 이 아이가 바로 살혼도구먼. 소문대로 인상이 아주 더럽구먼."

"뭐, 뭐요? 이 노인네가 미쳤나?"

"허허! 그놈 참, 소문대로 입도 거칠구나."

"도삼아, 이시백 어른께 그 무슨 무례냐. 어서 인사드리지 못할까."

"뭐, 뭐라구요? 이, 이시백요?"

원치경의 음성에 순간 도삼의 두 눈이 화등잔만 하게 커졌다.

하지만 그것도 잠시.

"에이, 썅! 왜 자꾸 농담하고 그럽니까. 가뜩이나 사람 짜증나 죽겠는데……."

"이놈 보게. 이놈아, 내가 정말 이시백이니라."

"이보오, 노인장. 정파의 기둥이라는 이시백이 어떻게 마적의 우두머리와 호형호제를 할 수 있겠소."

도삼이 이시백의 두 눈을 정면으로 쏘아보곤 콧방귀를 뀌며 혀를 찼다.

그런 그에게 원치경이 당황한 표정으로 입을 열었다.

"도삼아, 정말 이시백 어른이시다."

"어허! 아우, 그만 놔두시게. 내가 이시백이면 어떻고, 또 아니면 어떻겠는가."

"죄, 죄송합니다, 형님. 제가 아우를 제대로 가르치지 못해……."

'뭐, 뭐야? 이 분위기는……. 정말 저 노인네가 이시백이란 말이야?'

도삼이 눈알을 데굴데굴 굴리며 내심 중얼거렸다.

만약 저 노인네가 정말 이시백이라면 도삼으로서는 엄청난 불경을 저지른 것과 다름없었다.

'에이! 설마…….'

도삼은 끝내 그럴 리가 없다고 자신의 생각을 굳혀버렸다.

"그나저나 대막에서 언제 온 것인가?"

"중원에 온 지는 삼 년쯤 되었습니다."

"그런데도 나를 한 번도 찾지 않았단 말인가. 사람 참 무심하구먼."

"상황이 여의치 않아……."

"그래. 그간 무엇을 하고 지냈던 것인가? 중원의 생활이 만만치는 않았을 터인데."

이시백이 물었다.

"솔직히 그래서 이렇게 형님을 찾아뵙게 되었습니다."

"무슨 사고라도 친 겐가?"

"예. 조금 문제가 생겼습니다."

이시백이 묻자 원치경이 곤혹스러운 표정을 지었다.

"무슨 문제?"

"사실은……."

원치경이 조심스럽게 입을 열기 시작했다.

그리고 그의 이야기는 일다경가량 지속이 되었다.

"허허! 사고를 쳐도 아주 단단히 치셨네그려. 아무리 돈이 궁해도 그렇지, 왜 하필 삼합회였는가. 차라리 나를 찾아올 것이지. 하긴, 나를 찾아왔어도 내게 그만한 돈이 있을 턱이 없지만……."

"어찌하면 좋겠습니까?"

"철혈검대를 쑥대밭으로 만들어버렸는데, 어쩌긴 뭘 어쩌겠는가. 대막으로 튀는 것이 제일이지."

이시백이 남의 집 불구경하듯 말을 건넸다.

적여립과 맞서다

"저, 저……. 말씀 도중 죄송한데……."
순간 도삼이 불쑥 대화에 끼어들었다.
말을 더듬는 그 모습이 초조하기 그지없었다.
"뭐더냐?"
이시백이 짧게 물었다.
"정말 이시백 어르신이십니까?"
"이놈이 정말! 그래! 내가 이시백이다. 왜?"
"어이쿠! 소인 어르신을 몰라보고, 죄, 죄송합니다. 용서하십시오."
"용서는 개뿔! 되었다. 이놈아. 하여간 요즘 놈들은 버르장머리가 없어. 항상 일을 저지르고 난 후 고개를 조아린단 말이지."
"설마 정말 이시백 어른이실 줄은 몰랐지요."
도삼이 대머리를 문지르며 어색한 표정을 지었다.
그 모습이 꽤나 재밌었는지 이시백이 피식 실소를 흘렸다.
"후후. 그놈 참. 험악한 인상과 달리 귀여운 구석이 있구나. 되었으니 괘념치 말거라. 괜히 한 소리이니 말이다. 껄껄!"
이시백이 호방한 웃음을 터뜨렸다.
그에 도삼의 얼굴이 곧바로 환해졌다.

 　　　　＊　　　＊　　　＊

그날 밤.

이시백은 윤을 대동한 채 원치경이 머무는 객잔을 다시 찾았다.

"본가로 초대하시면 될 것을, 왜 손님을 이런 객잔에 머물도록 하셨습니까?"

소개시켜줄 지인이 있다는 이시백의 말을 듣고 따라온 윤이 누추한 객잔 곳곳을 두리번거리며 물었다.

"그럴만한 사정이 있구나. 가만 보자. 이곳인가 보다."

똑똑—

이시백이 한 객방의 문을 두드렸다.

그러자 기다렸다는 듯 객방의 문이 활짝 열렸다.

"오셨습니까, 형님."

"당신은?"

순간 윤의 표정이 일순 딱딱하게 굳어졌다.

이시백이 소개를 시켜주려던 사람이 원치경일 줄은 꿈에도 몰랐던 까닭이다.

"오랜만입니다, 소협."

원치경이 으레 사람 좋은 미소를 지으며 윤을 맞았다.

"서로가 구면이겠구나."

객방으로 들어선 이시백이 무거운 침묵을 몰아내며 입을 열었다.

하지만 한 번 찾아든 어색함은 쉽사리 가시질 않았다.

어쨌든 윤과 원치경은 동료라기보다는 적에 가까운 사이였기 때문이다.

더구나 원치경은 철혈검대를 쓰러뜨린 장본인이 아니던가.

물론 약속을 먼저 깬 쪽은 철혈검대지만, 결과로만 본다면 윤과 원치경은 분명 적이라 할 수 있었다.

"죄송하게 됐습니다, 소협."

먼저 고개를 숙인 사람은 원치경이었다.

"어찌된 일입니까, 사숙?"

대꾸를 잠시 미루고, 윤이 이시백을 돌아봤다.

"내가 정검문의 문주로 있을 당시 본 문에 커다란 도움을 주었던 은인과도 같은 사람이다. 너도 알다시피 대막의 흑풍대를 이끄는 수장이기도 하고……. 듣자 하니 아우와 철혈검대 사이에 불미스런 일이 있었다 하더구나."

"예. 그렇습니다."

윤이 사뭇 경직된 표정으로 대답했다.

"이것 참, 이야기를 어디서부터 해야 할지……."

이시백이 난감한 표정을 지었다.

"내 아우의 편을 드는 것이니, 윤이 너는 내 말을 왜곡해서는 안 될 것이다. 알았느냐?"

"예, 사숙."

윤이 공손하게 대답했다.

"사실 정검문이 어려웠을 때 아우를 내게 소개시켜 준 사람이 바로 철혈무가의 가주셨다. 그 일을 계기로 아우와 나는 허물없이 지내는 사이가 됐구나. 아우 또한 가주께 갚을 수 없는 커다란 은혜를 입었다 하더구나. 그런데 은혜를 갚기는커녕 철혈검대를 저리 만들어놓았으니, 돌아가신 가주를 뵐 면목이 없어 철혈무가를 찾아왔다는구나."

'어, 어라! 형님께서 천하제일검과도 연줄이 닿아 있었던 것이란 말이냐! 대체 나를 어디까지 놀라게 만들 작정인가.'

도삼이 한쪽 구석에 처박혀 오가는 대화에 귀를 쫑긋 세웠다.

"내 아우의 실력은 잘 알고 있단다. 아무리 철혈검대가 강하다 하나 내 장담컨대 그들 모두가 덤벼도 아우를 어찌할 수는 없을 것이다. 나 또한 아우의 적수가 되지 못하는데, 더 말해 무엇하겠느냐."

정말 놀랄만한 말이었다.

그래서일까.

순간 도삼이 입이 절로 쩍 벌어졌다.

"형님……. 그 무슨 말씀이십니까."

원치경이 듣기 민망한지 대뜸 대화에 끼어들었다.

"내 말이 틀렸는가. 모두가 사실인 것을……."

"형님도 참……."

원치경이 쑥스러운 듯 고개를 가로저었다.

"철혈검대와 싸웠을 때, 아우의 마음이 오죽했겠느냐. 은인인 가주께서 심혈을 기울여 키워낸 정예들인데, 그들의 피를 봐야 했으니……."

'그래서 손속에 인정을 담았단 말인가.'

대부분의 철혈검대원들이 살아 돌아와 의아했는데, 윤은 이

적여립과 맞서다 139

제야 그 이유를 어렴풋 알 수 있을 것 같았다.

"아우가 유화에게 용서를 구하고 싶다는데 유화가 없으니, 너라도 대신 용서를 받으라고 이렇게 자리를 마련한 것이니라."

"제가 무슨 자격으로 용서를 운운할 수 있겠습니까."

"왜 자격이 없느냐. 용사랑 형님의 진전을 이은 것만으로도 너는 충분한 자격을 갖췄느니라."

이시백의 표정에 완강한 고집이 피어났다.

"소협. 본의 아니게 씻을 수 없는 잘못을 저질렀습니다. 용서해 주십시오."

원치경이 진심이 우러나는 음성을 토해내며 윤을 향해 허리를 깊이 숙였다.

'우리가 잘못한 것도 없는데, 뭣하러 용서를 빌어. 자존심 상하게……'

그 모습에 도삼의 굵직한 두 눈썹이 씰룩거렸다.

"이미 지난 일입니다. 어쨌든 유화에게 대주의 진심을 꼭 전하도록 하겠습니다."

윤 또한 허리를 깊이 숙였다.

"좋은 인연으로 만났어야 할 것을……. 쯧쯧! 아쉽구먼."

이시백의 주름진 눈가에 안타까움이 가득했다.

"이 소제가 부족하여 면목이 없습니다. 형님."

"어찌 이것이 아우의 잘못이란 말인가. 이 또한 순리라면 순리인 게지. 어쨌든 서로 간에 쌓인 오해를 조금이라도 풀 수 있다면 더 바랄 것이 없을 것 같으이."
 이시백이 독백하듯 홀로 중얼거렸다.
 "하나 묻고 싶은 것이 있습니다."
 순간 윤이 원치경을 향해 입을 열었다.
 "무엇이든 물어보십시오, 소협."
 "그때 대주께서 이야기하신 말들이 정녕 사실입니까?"
 "예. 한 점 거짓이 담기지 않은 진실들입니다."
 윤이 원치경의 두 눈을 가만히 바라봤다.
 바다처럼 그 깊이를 측정할 수 없을 만큼 착 가라앉은 담담한 눈빛이었다.
 그 눈빛 하나에 그의 성취가 절로 느껴질 정도였다.
 천하일검의 호칭을 듣는 이시백 스스로가 자신을 낮출 정도라는 것이 허언만은 아닌 듯했다.
 "형님께도 이야기를 드렸지만, 백도련과 삼합회의 전력을 갉아먹으려는 제삼의 무리가 존재하는 것 같습니다. 물론 제 느낌이지만 신중히 판단한 후 움직이는 것이 나을 듯합니다."
 "나 또한 아우의 말을 듣고 나름 고민이 많았다네. 혈불의 공격도 그렇고, 정체를 알 수 없는 제삼의 무리의 공격도 그렇고……. 그들이 삼합회의 사주를 받고 움직인 것이 아니라면 정말 큰일이 아닐 수 없더군."
 말을 하던 이시백의 얼굴로 검은 구름이 드리웠다.
 "중전입니다."
 그때 윤이 짤막하게 입을 열었다.

"중전? 그것이 무슨 말이더냐?"

"혈불과 제삼의 무리를 사주한 곳이 바로 중전이란 뜻입니다, 사숙."

"무, 무어라!"

순간 이시백이 깜짝 놀라 두 눈을 동그랗게 떴다.

그리고 이내 의문인지 그가 물었다.

"중전이 왜?"

"눈엣가시인 월하정 호위무사들을 없애려 일을 꾸민 일이 아닐까 생각합니다."

윤의 충격적인 발언에 이시백은 둔기로 머리를 맞은 듯 커다란 충격을 받았다.

갑작스런 침묵은 그렇게 찾아들었다.

* * *

거처로 돌아온 윤은 이시백에게 괜한 말을 꺼낸 건 아닌지, 후회가 밀려들었다.

하지만 이미 엎질러진 물.

이내 상념을 접어버린 윤이 터벅터벅 침상으로 발길을 옮겼다.

그런데 그때였다.

나갈 때까지만 해도 깨끗이 치워져 있던 탁자 위에 낯설은 서찰 한 장이 덩그러니 놓여있었다.

촤악—

윤은 망설임없이 서찰을 펼쳐 들었다.

"……."

서찰을 읽어 내려가는 윤의 표정은 담담하기 그지없었다.

화르륵—

내용을 다 읽은 윤이 서찰을 등잔불에 태워버렸다.

서찰을 읽기 무섭게 월하정을 나온 윤.

유람을 하듯 그의 걸음엔 여유가 넘쳐흘렀다.

그런 그의 좌수에는 흰 천으로 감싼 용혈검이 쥐어져 있었다.

얼마나 걸었을까.

인적이 드문 백화산 중턱에 도착한 윤이 어둠 속의 관제묘를 지그시 바라봤다.

"나오시지요."

윤이 어둠을 향해 나지막이 입을 열었다.

그러자 그 음성이 허공에 울려 퍼지기 무섭게 한 사내가 관제묘에서 모습을 드러냈다.

"염공자의 서찰을 받고 왔는데……. 처음 보는 분이군요."

어둠 저편에서 뒷짐을 진 채 서 있는 적여립을 바라보며 윤이 말을 했다.

"돌려 말할 필요는 없겠지. 그대가 은영이라면 말이야. 은영인가?"

윤을 은영이라고 확신한 적여립이 서슴없이 입을 열었다.

만약 윤이 은영이라면 자신의 정체를 그가 모를 리 없었기 때문이다.

"그렇소만……."

윤 또한 서슴없이 대답했다.

얼굴을 본 적은 없지만, 윤은 눈앞의 사내를 적여립이라고 단정을 지어버렸다.

하지만 확실해야만 했기에 윤이 물었다.

"적여립?"

"후후, 곽한에게 언질을 받았던 모양이로군. 그렇다. 내가 바로 적여립이다. 예전, 너와 사투를 벌였던 적령의 형이기도 하지."

적여립의 전신에서 여유가 물씬 풍겨 나왔다.

그만큼 자신감이 있다는 반증이리라.

"날 불러낸 이유가 무엇이오?"

"홀로 철혈무가로 발을 들이다니, 그 배포 하나만큼은 인정해줄 만하구나. 널 불러낸 이유? 뻔한 것이 아니겠느냐."

"난 잘 모르겠는데, 그것이 무엇이오?"

윤 또한 여유가 넘치는 음성으로 물었다.

"무유화를 어디다 빼돌렸는지를 묻는다면 대답해줄 용의가 있겠느냐?"

적여립이 한쪽 입아귀를 찢으며 물었다.

"할아버지와 훈련대장께서 지금 어디에 계신지를 묻는다면 대답해줄 용의가 있소?"

질문을 질문으로 받아치는 윤.

그에 적여립이 껄껄 웃음을 터뜨렸다.

하지만 그것도 잠시 이내 그의 얼굴이 차갑게 굳어졌다.

"네놈이 은영이라면 염부심 또한 천령임을 알았을 터…….
이제 보니 제 발로 찾아왔다는 말이구나."

"이제나저제나 언제 나를 불러낼까, 한참을 기다렸소."

'맹랑한 놈이로구나. 나를 마주하고도 저런 자신감이라니.
설마 저 바보 놈이 은영칠주 중 일인이란 말인가.'

윤의 전신을 쓸어보며 적여립이 고개를 갸웃거렸다.

만약 윤이 은영칠주 중 한 명이라면, 결코 쉬운 상대가 아니었다.

"말로써는 서로 원하는 답을 얻을 수 없을 것 같은데…….
우리 내기 한번 할까? 네가 나를 쓰러뜨린다면 네가 원하는 답을 주도록 하마. 반대로 내가 너를 쓰러뜨린다면, 너는 내가 원하는 답을 내놓아야 하는 것이다. 어떠하냐? 괜찮은 내기 같은데……."

"좋군요."

"후후후……."

윤이 짧게 대답하자 적여립의 입가에 진한 미소가 걸렸다.

"오너라. 왜 천문이 사라져야 하는지, 너는 오늘 그 이유를 알게 될 것이다."

"그 전에 하나 알려줄 것이 있는데, 혁령을 죽인 자가 바로 나요. 이것이 무엇을 의미하는 줄 아시오?"

"정녕 은영칠주란 말인가!"

윤의 말에, 순간 적여립의 미간이 살짝 좁혀졌다.

하지만 이내 표정을 풀곤 그가 입을 열었다.

"은영칠주 중 하나라는 말이겠구나. 하지만 그렇다하여 달라질 것은 없다."

적여립이 자신감에 찬 음성으로 말을 했다.

그런 그를 힐끗 일견하곤 윤이 용혈검을 바라보며 대뜸 입을 열었다.

"내가 왜 홀로 철혈무가로 돌아왔다 생각하오? 내가 바보라서? 아니면 그대들이 여전히 나의 정체를 모를 거라 생각해서?"

무슨 말을 하려는 것일까.

적여립이 잔뜩 미간을 찡그리곤 귀를 쫑긋 세웠다.

"아직도 그 의도를 모르는구려. 후후후……."

살기를 머금은 진한 미소가 윤의 입가에 매달렸다.

그런 그가 미소를 멈추지 않고, 재차 입을 열었다.

"곧 알게 될 거요. 그리고 하나 더 말해드리지요. 내 얼마 전, 깨달음을 하나 얻은 것이 있는데……. 낭패를 피하려면 아마도 전력을 다해야 할 것이오."

"흥! 그러지……."

순간 적여립이 냉소를 피워내며, 일 보를 내딛었다.

그러자 조용하던 주위가 엄청난 기운으로 넘실거리기 시작했다.

　우우우웅—

　그 순간 윤의 좌수에 들려져 있던 용혈검이 위험천만한 모습을 드러냈다.

　찌이이잉—

　윤은 전신으로 휘도는 엄청난 힘을 가감없이 느끼고 있었다.

　만약 이 힘을 폭사시키면 과연 감당을 할 수 있을지 의문까지 들었다.

　천문의 내력과 융합된 천살성의 기운은 가히 윤 자신조차 감당키 어려운 힘이었다.

　처음엔 점점 더 강력해지는 기운에, 자신감 또한 덩달아 높아졌던 것이 사실이다.

　하지만 이제는 이 넘치는 힘을 자신이 과연 조절이나 할 수 있을지 오히려 걱정이었다. 그만큼 파괴적인 위력을 담은 힘이 지금 이 순간 윤의 단전에서 뜨겁게 용솟음치고 있었다.

　만약 용혈검이 아니었다면 윤이 끌어올린 내력만으로 일반병기는 박살이 날 터였다.

　파라라락—

　바람 한 점 없건만, 용혈검을 쥔 윤의 소매가 매섭게 펄럭였다.

　천문의 내력 속에 녹아든 천살성의 기운이 일으키는 경풍이었다.

예전이었다면 이미 한 마리의 야수로 변했을 터인데, 지금 윤의 모습은 심해의 고요를 보듯 무척 담담했다.

'과연 은영칠주구나!'

엄청난 기운을 끌어올리는 윤을 바라보며, 적여립이 내심 감탄을 터뜨렸다.

윤이 뿜어내는 살기에 피부가 따끔거릴 정도였다.

'그 살기가 인간의 범주를 뛰어넘은 놈이구나. 어찌 무형의 살기만으로 상대를 압박할 수 있단 말인가. 천문에 이토록 진한 살기를 뿜어내는 심공이 있었단 말인가!'

적여립의 두 눈가 진한 의문이 어렸다.

천외천은 극강의 힘을 추구하는 곳이었다.

그렇게 점점 더 강한 힘을 추구하다보니, 자연스럽게 그 내력에 살기가 더해졌다.

천령들이 익히는 역천공 또한 그런 심공 중 하나였다.

하지만 천외천과 대적하는 천문은 살기를 담은 내공심법을 연마하지 않는다.

그 뿌리는 같지만 천문의 은영들은 정파인들이 익히는 내공심법과 비슷한 심공들을 익혔다.

그것이 바로 천문의 내력이었다.

그런데 어찌 천문의 은영에게서 저토록 진한 살기가 뿜어져 나온단 말인가.

적여립이 당황하는 것은 어찌 보면 당연한 일이라 할 수 있었다.

"조사의 뜻을 받들어 명하노니 속죄하라."

용혈검을 중단으로 끌어올린 윤이 위엄이 넘실거리는 음성을 내뱉었다.

그에 적여립의 눈꼬리가 위로 바짝 치켜졌다.

"건방진! 약해빠진 천문의 놈이 감히 천외천을 능멸하려 드느냐?"

구오오오—

적여립의 겉옷이 세찬 바람을 맞은 듯 거칠게 펄럭거렸다.

윤이 기운을 끌어올림과 동시에 그 또한 천문의 비전내력인 역천공을 끌어올렸던 까닭이다.

빠드득—

순간 적여립이 부서지도록 어금니를 꽉 깨물었다.

예상치 못한 윤의 강력함에, 적여립은 긴장을 하고 있었다.

그의 예상대로라면 윤을 생포한 뒤, 강제로라도 그의 입을 열 생각이었다.

하지만 막상 윤과 마주하고 보니, 그것이 생각처럼 쉽지 않아 보였다.

'괜한 자존심 때문에 낭패를 볼 수도 있겠구나.'

염부심과 함께 왔더라면 좋았을 것을.

적여립이 내심 뒤늦은 후회를 했다.

* * *

윤과 적여립의 전신에서 이질적인 기운들이 꿈틀거렸다.
 천살성을 품은 천문의 내력과 천령들만이 익힐 수 있는 역천공이 바로 그것들이었다.
 구오오오오—
 겉으로 드러난 위맹함을 비교하건대 서로 비등했다.
 그러나 적여립은 놀라움을 금치 못했다.
 지금 윤이 뭉클뭉클 피워내는 저 기운이 그의 피부를 따갑게 파고들며 엄청난 위압감을 주고 있었기 때문이다.
 '대체!'
 적여립의 얼굴에 감탄과 긴장감이 미묘하게 얽힌 표정이 떠올랐다.
 그리고 그의 심장은 갑자기 끓어오른 승부욕으로 짜릿한 흥분마저 느끼고 있었다.
 자신이 여기까지 온 이유를 잊을 만큼 윤의 뿜어내는 기운이 너무도 강맹했던 까닭이다.
 '은영칠주라! 감히 나와 그 승부를 겨룰 만하구나.'
 "가마."
 끄덕.
 적여립이 짧게 자신의 공격을 알렸다.
 그에 윤이 가벼운 고갯짓으로 화답을 했다.
 "후우우……."
 적여립이 긴 호흡으로 시큼한 단내를 풍겨냈다.

그런 그의 표정에 긴장감이 가득했다.
아니, 전신의 감각과 신경들이 모조리 깨어나 야릇한 쾌감을 그에게 안겨주었다.
이 얼마만에 맛보는 흥분이란 말인가.
적여립 또한 누구보다 더욱 강해지길 원하는 천령 중 하나였다.
그렇기에 그 또한 피나는 수련을 참아냈고, 지금의 경지까지 올라선 것이다.
그리고 지금.
적여립에게 자신의 능력을 가늠해볼 수 있는 절호의 기회가 주어졌다.
그 상대는 은영칠주였다.
두근두근.
적여립의 심장이 세찬 박동에 두근거렸다.
이 긴장, 이 흥분, 이 쾌감…….
쩌드득—
적여립이 두 주먹을 불끈 쥐었다.
그리곤 신형을 좌로 비껴 움직였다.
"……."
적여립의 호흡은 이미 정지가 되었다.
최대한 침착함을 유지한 채 윤의 빈틈을 찾아내기 위해서였다.
그리고 자신의 빈틈과 흔들림을 감추기 위해서였다.

그러던 어느 순간.
적여립이 마침내 윤을 향해 신형을 쏘아냈다.
팟!
쾌속이란 말이 무색할 정도의 빠르기였다.
그러나 그 속도마저 마음에 들지 않았는지 적여립은 재차 그 움직임에 박차를 더했다.
그리고.
까아앙—
고막을 찢어발길 듯, 엄청난 금속성이 사방에 울려 퍼졌다.
아무런 요동도, 그 어떤 움직임도 없었던 윤인데, 어느새 그의 용혈검이 적여립이 피워낸 진한 흑무를 흩뜨리며 그의 공격을 막았던 것이다.
푸스스스—
어둠이 자욱한 주변에 희뿌연 연기가 비산했다.
적여립이 뿜어낸 위력은 대단했다.
처음부터 그의 두 주먹에 전력으로 끌어올린 역천공을 담았기 때문이다.
그러나 놀랍게도 그런 힘조차도 윤의 용혈검 앞에서는 움찔할 수밖에 없었다.
용혈검에 담긴 힘에 튕기듯 물러선 적여립의 두 손이 심하게 저릴 정도였다.
그래서일까?
지금껏 경험하지 못한 해일과 같은 거력에 적여립의 가슴이 서늘하게 식어갔다.

'여, 역천공이 밀리다니……'

윤은 태연자약할 정도로 우두커니 서 있었다.

그리고 자신의 공격을 향한 그의 방어는 용혈검을 짧게 휘두른 동작이 고작이었다.

그런데 그 동작에 실린 위력에 밀려 자신이 뒤로 주춤 물러선 것이다.

놀라웠다.

그래서 믿기 힘들었다.

하지만 그와 달리 윤은 답답함에 미간을 잔뜩 찡그리고 있었다.

윤의 오감은 더욱 밝아졌다.

그렇기에 적여립의 공격에 더욱 예민한 반응을 보일 수 있었다.

그런데 자신이 예상하던 그 이상의 깔끔한 동작은 펼칠 수가 없었다.

역시 문제는 갑자기 증가한 내력의 운용이었다.

윤은 자신의 단전을 뜨겁게 달구며 용솟음치는 천살성의 강력한 힘을 자신이 원하는 대로 분출을 시킬 수가 없었다.

내력이 증가한 것은 분명 좋은 현상이나 운용이 미숙하다면 오히려 독이 될 수도 있는 법.

'왜일까? 무엇 때문에……. 아니, 시작일 뿐이다. 좀 더 지켜봐야 알 일이다.'

윤이 호시탐탐 자신의 빈틈을 노리는 적여립을 지그시 노려보며 내심 중얼거렸다.

단 일합일 뿐이었다.

대결은 시작에 불과했다.

아직 그 결과를 점치기에는 이른 감이 있었다.

그때였다.

윤의 혼란을 느꼈는지, 적여립이 더욱 사나운 기세를 뿜어내며 그를 향해 매서운 공격을 퍼붓기 시작했다.

좌아아악!

그렇게 수십 합의 공방이 눈 깜짝할 새 지나갔다.

공방이 계속될수록 적여립의 심장은 더욱 뜨거워졌고, 그의 심장이 뜨거워질수록 윤의 이마에도 굵직한 땀방울이 쉼없이 흘러내렸다.

그렇게 더욱 치열해진 가공할 공방은 오십 합을 넘어 육십으로, 육십 합을 넘어 칠십 합으로 이어졌다.

그 시각.

어둠이 내리깔린 숲 한편에서, 염부심이 이름 모를 풀잎을 만지작거리고 있었다.

그의 손바닥은 아까부터 흘러내린 땀으로 흥건하게 젖어 있었다.

적여립이 모르게 뒤를 밟은 염부심.

그가 지금껏 윤과 적여립의 가공할 대결을 지켜보고 있었던 것이다.

'저것이 적여립의 진면목이었단 말인가!'

염부심이 어둠을 진동시키는 적여립을 바라보며 내심 감탄을 터뜨렸다.

'윤이 은영칠주였다니……. 은영칠주라…….'

"으음……."

염부심이 가볍게 한숨을 내쉬었다.

적여립도 대단하지만, 그와 정면으로 맞서 한 치도 밀리지 않는 윤의 대단함에 절로 치가 떨렸다.

'저 상태라면 생포는커녕 서로가 치명상을 입을 수도 있겠구나.'

백여 합을 지켜본 결과, 윤과 적여립의 대결은 누가 위라고 말할 수 없을 정도로 치열했다.

동급의 수준을 가진 자들이 벌이는 박빙의 승부.

그렇다면 저 싸움은 이겨도 이긴 것이 아니었다.

상대를 쓰러뜨리기 위해선 어쩔 수 없이 자신의 일부를 포기해야만 할 테니.

'후훗! 내가 도움을 준다면 상황이 쉬워질 테지만……. 대사형 미안하오. 이 마음이 그대를 도와선 안 된다고 자꾸 최면을 걸고 있습니다. 그리고 차라리 도우려면 당신이 아닌, 저 바보 놈을 도우라고 자꾸 이야기하는구려.'

염부심의 입아귀에 사악한 미소가 걸렸다.

어차피 적여립은 염부심이 밟고 올라갈 상대였다.

그가 있는 한, 염부심은 절대 천령의 일인자가 될 수가 없었다.

그런데 적여립이 사라질 수 있는 뜻밖의 기회가 찾아온 것이다.

'그대가 바보 놈을 꺾는다 해도, 이겼다고 말할 수는 없을 것입니다. 어차피 둘 다 내 손을 죽어줘야만 할 테니······. 후후후······.'

　　　　　*　　　*　　　*

콰아아앙!

대지가 커다란 진동을 일으키며, 뿌연 흙먼지가 사방에 피어올랐다.

"······."

그리고 찾아든 정적.

그 정적 사이로 두 사내가 서로를 잡아먹을 듯 노려봤다.

"용사량의 구천류······. 과연 명불허전이구나."

적여립이 자신의 우측 허벅지에 적잖은 상처를 입힌 윤을 바라보며 나지막이 입을 열었다.

윤이라고 성한 것은 아니었다.

그 또한 좌측 어깨에 적여립의 일장을 허용한 터였다.

"천령들의 대사형이라더니, 그 말이 결코 허언은 아닌 듯하군."

"칭찬이라면 고맙다."
"후후……."
윤의 입가엔 여전히 여유로운 미소가 걸렸다.
긴장감을 감추기 위한 미소일까. 아니면 이 싸움의 승리를 자신하는 확신의 미소일까.
적여립은 좀처럼 윤의 짓고 있는 미소의 의미를 가늠할 수가 없었다.
"내 너를 생포하여 그 입을 열려 했는데……. 그 생각을 조금 수정해야 할 것 같다."
"……."
윤이 침묵으로 적여립의 다음 말을 재촉했다.
"생포를 할 수도 없고, 그렇다고 살려줄 수도 없으니, 어쩌겠나. 여기서 좀 죽어줘야겠다."
"후후후……. 그 실력으로 나를 죽인다? 아무리 천령이라 하나 천문의 은영칠주를 너무 얕잡아 보는 건 아닌지 모르겠군."
윤이 피식 웃곤 적여립의 망상을 꼬집었다.
'숨겨둔 한 수가 있는 모양이로구나.'
적여립의 입가에 윤과 비슷한 미소가 걸렸다.
파앗!
누가 먼저랄 것도 없었다.
두 사내가 일순 서로간의 거리를 바짝 좁혔다.
뿌리는 같으나 같은 하늘을 이고 살 수 없는 숙적으로 엮일 수밖에 없었던 운명.

"하앗!"

적여립이 기합을 내질렀다.

더 이상 시간을 미룰 수 없는 까닭에, 적여립은 이제 이 싸움의 끝을 봐야 한다는 것을 본능적으로 느낄 수 있었다.

감출 것도 없었다.

그렇기에 온몸에 내재된 힘을 모조리 끓어 올려 전력의 승부를 펼쳐야만 했다.

화아아악!

적여립이 두 팔을 연이어 교차시키자 사방의 공기가 거칠게 요동쳤고, 엄청난 경력이 윤의 전신을 에워쌌다.

감히 뚫을 수 없을 것만 같은 힘이었다.

그때 윤이 이 순간만을 기다렸다는 듯 용혈검을 살짝 틀어 비껴 올렸다.

실로 느림보와 같은 움직임.

하지만 그 위용은 상상 이상이었다.

쾌애애액—

윤이 용혈검을 갈지자로 휘두르자 그토록 막강하던 적여립의 공세가 거짓말처럼 허물어졌다.

그리고 천살성의 기운을 머금은 용혈검이 살아 있는 생명체처럼 윤과 하나가 되어 적여립의 요혈을 노리며 파고들었다.

차아앙!

쩌쩌정!

적여립의 좌장에 용혈검이 위로 튕겨져 경로를 이탈했다.
 순간 용혈검을 쥔 윤의 손바닥이 찌릿하게 저렸다.
 실로 감탄이 터져 나올 만큼 군더더기 하나 없는 매끄러운 방어였다.
 화아악!
 적여립의 두 손에서 갑자기 하얀빛이 일어났다.
 그리고 그 빛이 점점 밝아지더니, 그대로 윤의 심장을 향해 일직선으로 쏘아졌다.
 쐐애애액—
 '합!'
 윤이 내심 기합성을 크게 내지르며, 용혈검을 그대로 내려쳤다.
 콰과과과—
 용혈검과 무형의 기운이 담긴 빛이 부딪히자 놀랄 만한 폭발음이 터져 나왔다.
 푸스스스—
 순간 윤의 등골로 식은땀이 주르륵 흘러내렸다.
 반응이 조금만 늦었더라면, 자칫 심장이 뚫릴 뻔했기 때문이다.
 한순간도 정신을 놓을 수가 없을 만큼 대결은 치열했다.
 그리고 대결이 치열해질수록 용혈검의 전신은 더욱 맹렬히 타올랐다.
 찌이이잉—

용혈검에서 살기가 뚝뚝 흐르는 기이한 울음을 토해졌다.
쾌애애액—
윤이 용혈검을 그대로 적여립의 미간을 향해 찔러갔다.
절체절명의 상황을 넘긴 바로 직후의 일이었다.
"헛!"
순간 적여립의 입에서 헛바람이 토해졌다.
윤의 공수교환이 이토록 빨리 전개될 줄은 꿈에도 몰랐던 까닭이다.
화아아악!
적여립이 황급히 신형을 좌로 비키며 용혈검의 옆면을 우수로 때렸다.
그런데 그 순간.
그토록 맹렬히 짓쳐들던 용혈검의 움직임이 허공에서 뚝 멈췄다.
'허, 허초!'
그 힘이 너무도 강맹해 전혀 허초라고 생각할 수 없었지만, 순간 적여립의 표정이 까맣게 물들었다.
그런 그의 우수는 이미 아무것도 없는 허공을 때린 후였다.
퍼어억!
'크으윽!'
그 순간 윤의 좌장이 훤히 드러난 적여립의 명치로 그대로 틀어박혔다.
적여립이 혼비백산하여 다급히 신형을 뒤로 물렸다.

"흐, 흐읍!"

기혈이 뒤틀린 것일까.

적여립의 몸이 휘청거렸다.

그리고 그의 얼굴색이 일순 하얗게 질려버렸다.

그의 상태가 당장에라도 검게 죽은 핏물을 게워낼 것만 같은 모습이었다.

시간이 지날수록 조금씩 드러나는 힘의 격차.

믿을 수 없게도 밀리는 쪽은 적여립이었다.

박빙을 이룰만한 상대들이기에, 그 실력 차는 고작 종이 한 장 차이일 것이다.

하지만 그 차이로 인해 적여립이 이번에 받은 타격은 이루 말할 수가 없을 만큼 컸다.

"노옴……"

자존심이 상했음인가.

윤을 노려보는 적여립의 눈빛이 화마처럼 이글이글 타올랐다.

"……"

반경 칠 장여의 공간이 벌써 폐허처럼 변해 버렸다.

서로가 상대에게 뿜어낸 무서운 힘이 백암산의 초목들을 뒤집었고, 그들의 족적이 닿은 대지가 움푹 꺼져 있었다.

정말 경천동지의 싸움이라 할만 했다.

"그대의 계획이 바로 나의 계획이었단 사실은 모르고 있었겠지……"

윤이 용혈검을 길게 늘어뜨린 채 적여립을 향해 한걸음을 내딛으며 중얼거렸다.

"죽이진 않을 것이니, 겁은 먹지 마시오. 나 또한 그대의 입이 필요하니……."

"노옴……. 너의 정체가 무엇이더냐?"

적여립이 명치를 부여잡은 채 고통스런 표정을 지었다.

그만큼 윤이 가한 일장의 힘이 대단했다는 의미이리라.

"그것이 알고 싶다면 실력으로 나를 꺾어야 할 터."

"건방진!"

적여립이 고통을 이겨내려 어금니를 뿌득뿌득 갈았다.

파파파박!

적여립이 자신을 노려보는 용혈검을 부서버리겠다는 듯, 이를 악물고 윤을 향해 다시금 짓쳐들었다.

적여립의 허벅지에서는 여전히 피가 철철 흘러내렸고, 일장을 얻어맞은 그의 가슴팍에선 참기 힘든 고통이 밀려들었다.

비록 치명상은 아니지만, 적잖은 부상이었던 터라 적여립의 움직임은 분명 이전과 달리 둔해 보였다.

하지만 놀랍게도 그 기세만큼은 더욱 위맹했다.

콰과과과과—

적여립이 두 손을 어지러이 교차시키자 대기가 성난 파도처럼 거칠게 포효했다.

가히 이 어둠을 삼켜버릴 만한 대단한 힘이었다.

타앗!

윤이 다급히 신형을 뽑아 올려, 적여립의 무서운 공세를 옆으로 흘려버렸다.

정면으로 맞설까도 생각을 했지만, 그렇게 된다면 자신 또한 적잖은 타격을 받을 게 분명했기에, 굳이 위험을 감수하고 싶지 않아서였다.

콰아아앙!

목표물을 잃은 적여립의 장력에, 대지가 움푹 꺼지며 커다란 굉음이 허공을 쩌렁쩌렁 울렸다.

쐐애액―

그 순간 윤이 적여립의 옆구리의 빈틈을 향해 용혈검을 짧게 휘둘렀다.

서걱―

적여립의 옆구리에서 핏물이 튀었다.

깊은 부상은 아니었지만, 적여립의 자존심에 커다란 상처를 입히기에는 충분한 상처였다.

"제, 제길!"

적여립의 입에서 절로 욕설이 터져 나왔다.

시간이 지날수록 그 실력 차가 여실히 드러나고 있었다.

적여립은 이 사실을 도저히 믿을 수가 없었다.

하지만 공수가 길어질수록 적여립의 몸뚱이는 점점 더 핏물에 젖어들었고, 윤의 공격은 그 매서움을 더해갔다.

'설마! 저 바보 놈이 은영주라도 된다는 말인가!'

적여립의 뇌리로 퍼뜩 스친 상념.

순간 적여립의 가슴으로 괜한 초조함이 밀려들었다.
"하압!"
상념과 초조함을 떨쳐내려는 듯, 적여립의 입에서 커다란 기합성이 터졌다.
쿠구구구구.
마지막을 결하려는 듯, 적여립의 표정에 결연한 의지가 떠올랐다.
적여립의 행동에 부응이라도 하려는 것인가.
윤 또한 굳은 낯빛으로 적여립을 향해 쾌속하게 신형을 쏘아냈다.
쿠콰콰콰쾅!
이전에 없던 커다란 굉음이 사방에 쩌렁쩌렁 울려 퍼짐과 동시에, 칠흑의 어둠 속으로 뿌연 흙먼지가 자욱하게 피어올랐다.
서로의 시야가 완전히 차단된 상태.
그렇게 정적이 거짓말처럼 찾아들었다.
윤과 적여립, 그 누구도 움직이려 하질 않았다.
그렇게 얼마의 시간이 흘렀을까.
"쿠, 쿨럭!"
힘에 겨운 기침 소리가 새벽의 적막을 깨버렸다.
"어, 어떻게……?"
적여립이 검게 죽은 핏물을 게워내곤 더듬더듬 입을 열었다.
그의 한쪽 무릎은 이미 꺾여 있었고, 두 눈빛에서는 더 이상의 전의를 찾아볼 수가 없었다.
 여전히 굳건히 서 있는 윤의 모습과는 너무도 다른 모습이었다.
 "죽지는 않을 거요."
 윤이 담담한 표정으로 말을 했다.
 하지만 그의 심장은 크게 들썩이고 있었다.
 적여립의 막강한 힘에 윤의 기혈 또한 크게 뒤틀렸던 까닭이다.
 "마, 마지막에 사용한 무공은 구천류가 아니었다. 요, 용사량의 구천류로는 감히 나 적여립을 꺾을 수 없다. ……무, 무엇이더냐?"
 적여립의 판단은 틀리지 않았다.
 윤과 펼친 내력싸움에서도 밀린 적여립이지만, 이토록 허무하게 쓰러질 그가 아니었다.
 내력이 밀린 까닭에, 적여립은 만약을 대비해 끝까지 감춰두었던, 구천류를 능가하는 위력의 무공을 사용했다.
 그런데 결과는 더 참혹했다.
 "서, 설마! …무, 무상류?"
 적여립이 하얗게 질린 얼굴로 홀로 중얼거리곤 두 눈을 동그랗게 치켜떴다.
 "……."
 윤은 아무런 대답도 꺼내질 않았다.
 그저 무덤덤한 표정으로 상체를 휘청거리는 적여립을 무심히 바라볼 뿐이었다.
 그렇게 잠깐의 시간이 흐르고.
 "내가 홀로 철혈무가로 돌아온 이유가 바로 이것이오. 그대가 나를 만나고 싶어 했듯, 나 또한 그대를 만나고 싶었소."
 "크크크……."
 적여립이 기괴한 웃음소리를 짓자 입아귀가 길게 찢어졌다.
 그런 그를 향해 윤이 다시금 입을 열었다.
 "지금 어디에선가 또 다른 자가 이 상황을 지켜보고 있겠지요. 아마 고민이 많을 거요. 나서야 할까, 아니면 모르는 척 물러나야 할까. …그자가 과연 어떤 행동을 할 것 같소?"
 "그, 그걸 왜 내게 묻는 것이냐? 그냥, 어서 죽여라!"
 도주할 힘도 없는 적여립이 악에 받힌 일갈을 내질렀다.
 "아직 죽기는 이르오. 그대는 내게 너무나도 중요한 인물이기 때문이오."
 "크큭! 그게 네놈 마음대로 될 성싶더냐?"
 적여립이 비릿한 미소를 짓곤 두 손을 들어 올려 자신의 관자놀이를 겨냥했다.
 자결이라도 하려는 표정이었다.
 그 순간 윤이 적여립을 향해 빛처럼 움직였다.
 파, 팍, 팍!
 눈 깜짝할 새 적여립의 면전까지 도착한 윤이 적여립의 마혈을 빠르게 두드렸다.
 그러자 적여립의 표정이 딱딱하게 굳어졌다.

"말했잖소. 그대가 필요하다고……."

윤이 무심한 음성을 내뱉곤 신형을 꼿꼿이 세워 어둠의 한 곳을 가만히 응시했다.

우연일까.

윤의 시선이 닿은 장소는 염부심이 있는 곳이었다.

第六章　염부시를 만나다

수호무사

염화탁은 지끈거리는 두통을 좀처럼 떨쳐낼 수 없었다.

술을 마셔도, 향긋한 차를 마셔도, 조용히 독서를 청해도, 아무런 소용이 없었다.

가뜩이나 마음이 심란한데, 엎친 데 덮친 격으로, 정검문의 일대제자들까지 철혈무가로 들이닥쳤던 것이다.

사라진 용사량을 찾는 일이라면, 철혈무가는 적극적인 지원을 아끼지 않을 것이라고, 이미 백도련 회합 때 약속을 한 터라, 염화탁으로서는 이 상황이 이러지도, 저러지도 못하는 난국이라 할 수 있었다.

"상공……."

음서서가 염화탁의 집무실로 들어서며, 나긋나긋한 음성으로 입을 열었다.

요즘 염화탁의 상태가 무척 예민한 것을 아는지라 음서서로서는 조심스러울 수밖에 없었다.

더군다나 자신으로 인해 벌어진 일이라 더욱 그러했다.

"크흠! 오셨소."

염화탁이 거북한 표정으로 기침을 흘렸다.

"상공, 죄송합니다. 이 소첩이 우둔하여……."

음서서가 갑자기 고개를 깊이 조아렸다.

세상에 무서울 것 하나 없다는 듯 행동하던 그녀의 돌발적인 태도에 염화탁이 표정을 잔뜩 찡그렸다.

"부인이 왜……."

염화탁이 자신도 모르게 말끝을 흐렸다.

음서서에게 갑자기 미안한 마음이 들었던 까닭이다.

비록 말은 꺼내지 않았지만, 염화탁은 과거 음서서가 벌인 잘못을 표정과 행동으로 꾸짖고 있었다.

어찌 보면 옹졸하다 말할 수 있는 행동이었다.

"저로 인해 상공의 상심이 이리 깊으시니……."

"어허! 왜 이러시오, 부인……."

염화탁의 표정에 잔뜩 난처함이 깃들었다.

"소첩, 입이 열 개라도 할 말이 없습니다.

"부인이 이러면, 내가 더 미안해지지 않소. 내 본의 아니게 부인을 서운하게 한 것 같아 정말 미안하오. 해결되는 일보다 쌓이는 게 더 많아 이 마음이 요즘 넉넉지 않았나 보오."

"어찌 상공께서 미안하단 말입니다. 모든 것이 부족한 저로 인해 벌어진 일이거늘……."

"아니오, 아니오. 어찌 그것이 부인의 잘못이란 말이오. 모든 것이 부심이를 살리기 위한 길이 아니었소. 부인이 아니었다면 내 평생 가슴에 씻을 수 없는 후회를 품을 뻔했거늘……."

"사, 상공……."

음서서가 울컥했는지 투명한 눈물을 뚝뚝 떨어뜨렸다.

그에 더욱 미안해진 염화탁이 음서서의 곁으로 다가가 그녀의 떨리는 어깨를 도닥여 주었다.

그렇게 음서서는 널찍한 염화탁의 품에 안겨 한참 동안을 울었다.

염화탁의 가슴이 흠뻑 젖을 정도였다.

"부인……."

음서서의 감정이 어느 정도 진정되자 염화탁이 더없이 부드러운 음성으로 그녀를 불렀다.

"예, 말씀하십시오. 상공……."

"내 그동안 너무 옹졸한 생각을 가지고 있었던 것 같소."

"그 무슨 말씀이십니까. 상공께서 옹졸하다니요."

"아니오. 별일도 아닌 것을……. 쯧쯧!"

염화탁이 자신의 옹졸함을 탓하는지 혀를 차며 고개를 절레절레 흔들었다.

"눈앞에 닥친 일들을 해결해도 모자랄 판에, 과거의 일에 빠져 아까운 시간을 허비하고 있었으니. 이 어찌 옹졸하다 말하지 않을 수 있겠소."
"사, 상공……."
음서서가 어찌할 바를 몰라 하며, 다시금 고개를 푹 떨어뜨렸다.
"부인, 그러지 말래두요."
"아, 알겠습니다. 상공……."
"껄껄껄!"
한결 기분이 좋아진 염화탁이 기분 좋은 웃음을 흘렸다.
"그나저나 저번에 부인이 내게 이야기했던 것을 곰곰이 생각해 봤는데 말이오."
"무엇을 말입니까?"
음서서가 공손한 태도로 물었다.
"부심이에게 일을 좀 맡겨볼까 생각하고 있소."
"아……."
그제야 생각이 났다는 듯, 음서서가 고운 입술을 떼었다.
그런 그녀에게 염화탁이 물었다.
"과연 어떤 일이 좋겠소?"
"제가 어찌……."
말끝을 흐리는 음서서.
그에 염화탁이 사람 좋은 미소를 지으며 그녀를 재촉했다.
"괜찮으니 어서 말씀해 보시오."
염화탁의 재촉에, 음서서가 잠시 고민하다 어쩔 수 없다는 듯 입을 열었다.

"백도련의 일을 한 번 맡겨보심이 어떨까 합니다."
"백도련의 일을?"
의외라는 듯 순간 염화탁이 반문했다.
강호의 경험이 일천한 염부심이거늘, 그렇기에 당연히 본가의 직책 중 하나를 이야기할 줄 알았는데.
"어째서 그런 생각을 하신 게요?"
염화탁이 궁금증을 참지 못하고 물었다.
"사실 제 뜻은 아니옵고, 얼마 전 부심이가 제게 찾아와 그러더군요. 넓은 강호를 한 번 경험해 보고 싶다고……. 그 나이가 되도록 철혈무가에만 머물러 있었으니, 답답할 법도 했겠지요."
"으음……."
염화탁이 고개를 느릿하게 끄덕였다.
음서서의 말이 절로 가슴에 와 닿았기 때문이다.
더불어 염부심의 외로움과 아픔이 얼마나 컸을까, 괜한 미안함이 밀려들었던 까닭이다.
하지만 그 마음과 달리 염화탁의 표정이 이내 아비의 진한 걱정으로 물들었다.
"부심이의 마음을 모르는 바는 아니나 그래도 너무 위험한 처사가 아니겠소."
"저 또한 상공의 생각과 같았습니다. 하지만 언제까지나 우리의 품에서 자라게 할 수는 없질 않겠습니까. 물론 걱정은 되지만, 앞으로 철혈무가를 이끌어갈 부심이입니다. 그렇다면

염부심을 만나다

당연히 범이 되어야 한다 생각합니다. 자신의 굴에만 갇혀 지내는 범을 어찌 숲의 왕이라 할 수 있단 말입니까."

"으음……."

염화탁이 또 한 번 깊은 숨을 내쉬었다.

"듣고 보니 일리가 있는 말이오."

"우리의 자식이라서 하는 말이 아니라, 부심이라면 충분히 잘 해낼 수 있을 것이라 이 소첩은 확신합니다. 물론 강호의 경험이 미숙하니 부심이를 보좌해 줄 수 있는 인물들이 반드시 필요하겠지요. 그래서 생각한 것이 하나 있는데……."

"그 생각이 무엇이오?"

"월하정의 호위무사들처럼 부심이를 곁을 항상 지켜줄 수 있는 무사들을 선별하여 뽑는 것이 어떨까 합니다. 그렇게 된다면 상공이나 저나 부심이에 대한 걱정을 조금이나마 덜어낼 수 있질 않겠습니까."

"오호라! 그것참 좋은 생각이오."

"그리고……."

"그리고 또 무엇이오?"

"이왕 백도련의 일을 맡기시려면, 이번에 불거진 삼합회의 문제를 해결할 수 있는 중책을 맡기면 어떨까 합니다."

"그것은……."

염화탁이 사뭇 난처한 표정을 지었다.

때를 같이하여 염화탁이 생각할 겨를을 주지 않고, 음서서가 잽싸게 말을 이었다.

"이미 각파의 수장들이 자식들의 능력을 만천하에 검증시켜, 백도련의 중책을 그들에게 맡기려 하고 있습니다. 어찌 보면 이번에 벌어진 삼합회의 문제는 하늘이 부심이에게 준 커다란 선물일 수도 있습니다. 물론 상공과 제가 뒤에 서서 부심이를 물심양면으로 도와야 할 것입니다."

아까까지만 해도, 눈물만 펑펑 흘리던 연약한 여인의 모습이었건만, 지금의 음서서는 결코 그렇지 않았다.

* * *

빛 한 점 스미지 않는 음습한 공간.
하지만 벽면 곳곳에 박혀 있는 야광주로 내실은 그리 어둡지 않았다.
"괜찮소?"
윤이 짤막하게 물었다.
"후후, 괜찮냐고? 덕분에 이렇게 살았으니, 괜찮은 것일 수도 있겠군. 아니, 그런가?"
사지를 결박당한 적여립의 두 눈가에 무서운 살기가 어른거렸다.
"내게 몇 가지 사실만 알려준다면, 여기서 당신을 풀어줄 수도 있소."
담담한 표정으로 윤이 말을 했다.
"후훗! 순진한 거냐? 아니면 멍청한 거냐? 내 입이 열릴 것이라고 보느냐?"
 적여립이 비아냥거리듯 물었다.
 "그러길 바랄 뿐이오."
 퉤엣!
 "그냥, 죽여! 그냥, 죽이라고! 내가 입을 열 것 같아? 나 적여립이 네깟 놈에게 입을 열 것 같냐고! 이 새끼야!"
 적여립이 걸쭉한 침을 내뱉곤 쌍스러운 욕설을 내뱉었다.
 하지만 윤의 표정은 시종일관 담담했다.
 "방금 전에도 말했듯 그러길 바라오."
 "미친 녀석……."
 적여립이 두 눈을 살벌하게 치켜떴다.
 한 번 해볼 테면 해보라는 표정이었다.
 그때 가오성이 윤의 곁으로 다가와 속삭였다.
 "사형……. 정말 고문이라도 하려고?"
 "필요하다면……."
 윤이 망설임없이 대답했다.
 가오성이 지금껏 윤을 봐왔지만, 이토록 독한 사람은 아니었다.
 '하긴, 바뀌어야지. 일문을 이끄는 수장이 되려면, 매정한 면도 있어야겠지.'
 가오성이 이내 그럴 수도 있겠구나 하고 고개를 끄덕였다.
 "고문을 하려거든 장소라도 좀 옮기는 것이 어떨까 하는데……."

가오성이 코끝을 매만지며 중얼거렸다.

장소가 월하정이라는 것이 아무래도 그의 기분을 찜찜하게 만들었던 까닭이다.

하지만 가만히 생각해 보면, 윤의 생각도 꽤나 일리가 있어 보였다.

등잔 밑이 어두운 법이듯, 과연 그 누가 있어 적여립이 월하정 지하에 갇혀 있다고 생각이나 할 수 있을까.

'하여간! 대단해! 어떻게 이런 생각을 할 수 있었을까.'

가오성이 윤의 옆얼굴을 물끄러미 바라보며 생각했다.

철혈무가로 홀로 돌아온 것도 그렇고, 적여립을 생포할 생각한 것도, 그리고 그런 그를 월하정 지하로 망설임없이 데려온 것도 그렇고……

모든 일들이 치밀한 계획을 없었다면 이루어질 수 없는 것들이었다.

"그대에게는 두 가지 선택권이 있소."

"네놈이 아무리 떠들어도, 감히 나의 입을 열게 할 수는 없을 것이다."

적여립의 표정에는 죽음마저 불사할 것이라는 강한 의지가 떠올랐다.

"그 첫 번째는 나의 궁금증들을 차근차근 풀어준 후 떠나는 것이고, 그 두 번째는 그대의 동생인 적여가 고문을 당하는 모습을 바라보며 나의 궁금증을 풀어준 후 조용히 생을 마감하는 것이오. 그대는 무엇을 선택할 것이오?"

윤의 음성에서 감정을 읽을 길이 없었다.

단지 겁을 주려 하는 것인지, 아니면 진심을 담아 하는 말인지, 도무지 그의 마음을 종잡을 수가 없었다.

이는 적여립 뿐만 아니라 가오성 또한 느끼는 감정이었다.

"노옴……. 네놈이 미쳐도 단단히 미쳤구나."

적여립이 이를 부득부득 갈았다.

하지만 그의 표정엔 이 세상에 하나뿐인 동생, 적여하를 향한 진한 걱정이 묻어 있었다.

"왜 못할 것 같소?"

윤이 무심하게 물었다.

그 모습에, 적여립의 두 눈이 점점 더 붉게 물들어갔다.

"네놈이 여하의 털끝이라도 건드릴 수 있을 것 같더냐? 네놈이 우연찮게 나를 잡더니, 허황된 망상에 사로잡혀 사리 분별을 하지 못하는구나. 후후후……."

"그대를 사로잡은 것이 정말 우연인 것 같소?"

윤이 적여립을 지그시 노려보며 묻자 적여립의 두 눈이 일순 크게 흔들렸다.

마치 자신의 속마음을 모두 꿰뚫듯 그 눈빛이 섬뜩할 정도로 투명했기 때문이다.

"두려워하고 있군요."

"후훗! 미친……. 내가 그깟 죽음을 두려워할 것 같더냐?"

"죽음마저 이겨낼 수 있는, 역천의 수련을 받은 천령일진대, 설마 죽음을 두려워하겠소."

"이, 이 비열한 놈……."

적여립이 살기를 번뜩이며 윤을 죽일 듯 노려봤다.

적여립은 윤이 설마 자신의 유일한 약점인 적여하까지 들먹일 줄은 꿈에도 생각할 수 없었다.

"맞소. 나조차도 내가 싫을 정도로 비열하다 생각하오. 그만큼 이 마음이 절박하단 뜻이오. 그대가 그대의 동생을 지키고 싶듯, 나 또한 이 생명을 걸고 지켜야 할 이가 있기 때문이오. 이런 비열한 짓을 할 만큼 소중한……."

"무유화더냐? 크크큭!"

적여립이 갑자기 기괴하게 웃음을 흘렸다.

그러다 이내 입을 열었다.

"화령지체를 타고났다는 것은, 어차피 천주를 위해 희생될 운명이란 뜻이다. 무진강 그놈이 발악만 하지 않았다면 혹시 살 수도 있었겠지. 하나 애석하게도 이미 엎질러진 물일뿐이다. 천주께서 일어서실 그날이 드디어 다가왔느니라. 그리고 그날이 곧 천문이 멸문을 당하는 날이 될 것이다. 왜? 그날을 생각하니 무섭더냐? 무유화? 크크큭! 네놈이 아무리 그녀를 꽁꽁 숨겨놓는다 해도, 천외천의 무사들이 못 찾아낼 것 같더냐? 천문의 영주라는 놈이 천외천의 힘을 몰라도 정말 너무도 모르는구나. 크크큭!"

적여립이 반쯤 미친 표정으로 장황하게 떠들어댔다.

"왜 모르겠소. 알고 있으니, 이리 다급한 것이 아니겠소. 후후후……."

적여립이 흥분하면 할수록, 이상하게도 윤의 표정은 더욱더 담담해져만 갔다.

마치 윤은 도를 더해가는 적여립의 흥분을 즐기는 모습처럼 보일 정도였다.

"긴 시간을 줄 수가 없소. 아까 전에도 말을 했듯, 내가 지금 무척 급한 상황이 되어버려서 말이오. 하루를 주리다. 내일 다시 찾아오도록 하겠소."

* * *

석양이 길게 깔린 저녁 무렵.

저자의 중심에 자리한, 고급스러운 한 주루 이 층으로 윤이 들어섰다.

감흥을 돋굴만한 분위기가 느껴지는 곳이건만, 이 층의 자리들은 휑하니 비어 있었다.

다만 단 한 명의 손님만이 자리하고 있었다.

그는 다름 아닌 염부심이었다.

"……."

윤이 홀로 술을 마시고 있는 염부심 앞에 조용히 앉았다.

쪼르륵—

윤이 자신 앞에 있는 빈 잔에 술을 채웠다.

"……."

오가는 말이 있을 법도 하련만, 두 사내 사이에는 무거운 침묵만 흐를 뿐이었다.
 그렇게 얼마의 시간이 흘렀을까.
 "둘만의 공간치고는 조금 부담스럽군요."
 윤이 빈 술잔에 술을 채우며 중얼거렸다.
 "주인장에게 말 한마디를 던졌을 뿐인데, 내게 이 층 전체를 내어주더군. 예전에도 느꼈지만, 권력의 힘이라는 것이 꽤나 쓸 만하더구나. 후후……."
 염부심이 슬쩍 미소를 지었다.
 "본가에서 보면 될 것을 굳이 이곳으로 나를 불러낸 이유가 무엇이오?"
 "그저 답답해서……."
 건성적인 대답이었지만, 한편으로는 염부심의 진심이 담긴 음성이었다.
 "굳이 감출 것도 없고, 시간을 끌 필요성도 느껴지지 않는데……. 아니, 그렇소?"
 "그렇겠지."
 윤이 채워진 술잔을 바라보며 묻자, 염부심이 짧게 대답했다.
 "나를 만나자고 한 이유가 무엇이오?"
 "적공자를 어디에 숨겨 두었느냐?"
 "그것이 궁금했더란 말이오?"
 염부심이 대놓고 물었다.
 그러자 윤이 의아하다는 듯 반문했다. 그리고 이내 그가 입을 열었다.
"그렇게 궁금했다면, 그날 왜 나를 미행하지 않았소?"
"설마했는데, 나의 존재를 정말 눈치를 채고 있었던 것이구나."
"예전의 바보였다면 어림없는 일이었지요."
"후후후……."
어느 정도 윤의 정체를 파악하게 된 염부심의 미소가 점점 진해졌다.
"죽었다고 생각해서 자리를 떴는데, 돌아와 가만히 생각해 보니, 무언가 석연치 않더구나. 그래서 고민을 해봤지. 과연 그가 죽었을까. 결론은 아니더군."
"그렇소. 죽지 않았소."
윤이 아무렇지도 않다는 듯 선뜻 대답했다.
"그를 이용해 무언가 얻으려는 수작인 것 같은데, 쉽지는 않을 것이다."
"세상에 쉽게 얻어지는 것이 어디 있겠소. 하지만 못 얻을 것 또한 없더이다."
"후후, 자신하는구나."
"자신이라기보단 확신이겠지요."
염부심을 향해 꼬박꼬박 존대를 하는 윤.
하지만 그의 모습에서는 그 어떤 비굴함도 찾아볼 수 없었다.
오히려 윤의 전신에서는 나이답지 않은 일대종사의 위엄이 간간히 흘러나왔다.

그럴 때마다 염부심의 두 눈이 순간 움찔거렸다.
"그간 배포 또한 많이 커졌구나. 내 작정하여 너를 죽일 수도 있을 텐데……."
"바보가 아닌 이상, 모든 것을 감안하고 행동하고 있소."
"내 당장 천외천으로 전갈을 띄어, 너의 정체를 알릴 수도 있을 것인데……. 두렵지 않나?"
"왜 두렵지 않겠소."
윤이 염부심의 두 눈을 가만히 바라보며 말을 했다.
하지만 그의 눈빛에서 두려움을 찾기란 불가능에 가까웠다.
그래서일까.
그 눈빛을 읽은 염부심이 한쪽 입아귀를 말아 올리며 빈정거리듯 입을 열었다.
"후후, 천문의 영주의 힘이 천외천을 무시할 정도로 그리 무섭단 말인가?"
"천문의 영주의 힘이 무서운 것이 아니라, 그대의 갈등이 깊으니 이리 여유로운 것이 아니겠소."
'영악한 놈…….'
염부심의 눈가에 일순 진한 살기가 감돌았다.
바보로 치부하던 윤에게 자신의 마음을 들켜버려, 순간 분노가 치밀어 올랐던 까닭이다.
"내게 원하는 것이 무엇이오? 적여립의 안녕이 궁금해서 나를 부른 것은 아닐 테고……."
"물론, 그건 아니지. 어차피 네가 그의 손에 죽었더라도, 내가 그의 생명을 취하려 했으니……."

"사제지간의 정이 참으로 허무하구려. 서로 죽이고 죽는 관계라니……."

"단 한 번도 그를 내 사형으로 인정한 적이 없다. 완벽한 역천공을 익힌 내가 어찌 반쪽짜리 천령에게 고개를 숙일 수 있단 말인가. 후후후……."

염부심의 미소에 자신감이 넘쳐흘렀다.

그러던 그가 거짓말처럼 표정을 경직시키곤 나지막이 입을 열었다.

"유화는 어디에 있느냐?"

염부심이 마침내 윤을 불러낸 이유를 말했다.

"듣지도 못할 대답을 듣기 위해 나를 불렀다? 후후, 생각보다 많이 어리석소."

"컸구나. 그것도 아주 많이……."

염부심이 두 눈빛을 싸늘히 빛내며 중얼거렸다.

그런 그의 전신에서 역천공의 은은한 기운이 뻗쳐 흐르기 시작했다.

더불어 당장에라도 윤을 향해 출수를 할 기세였다.

'가히 적여립을 능가할 기세구나.'

건유운으로부터 역천공의 무서움을 익히 전해 들었던 윤이 내심 감탄을 터뜨렸다.

"유화를 아직도 사랑하오?"

윤이 뜬금없어 대뜸 물었다.

그에 염부심의 두 눈이 크게 흔들렸다.

예상치 못한 윤의 물음에 적지 않게 놀란 모습이었다.

그런 그에게 윤이 재차 입을 열었다.

"아니면, 유화를 찾아 천외천주에게 바치기라도 하려는 것이오?"

"뭐라? 노옴……."

순간 염부심의 두 눈이 이글이글 타올랐다.

그리고 그의 전신에서 은은히 뻗혀 흐르던 기세가 갑작스럽게 난폭한 모습으로 사방을 향해 폭사되었다.

드드드드—

염부심의 돌변에 주위의 탁자들이 거친 몸부림을 쳤다.

몇몇 탁자들은 염부심의 쏟아낸 힘을 못 이겨 쩍쩍 갈라지기 시작했다.

일견하기에도 가공할 힘이었다.

하지만 정면에서 그 힘을 감당하는 윤의 표정은 담담하기 그지없었다.

그만큼 윤의 내공이 심후하다는 의미이리라.

"네놈이 정녕 죽고 싶은 게로구나. 아니면 천문을 말아먹기라도 할 작정이더냐?"

염부심이 윤을 향해 대놓고 살기를 피워냈다.

"나를 죽인다면 그렇게 될 수도 있겠지요. 그런데 그대가 과연 나를 죽일 수나 있을까 의문이오? …내 정체를 뻔히 알고 있음에도, 아직까지 천외천으로 전갈조차 띄우지 못하는 그대인데……. 곰곰이 생각해 보니, 아직은 내가 죽어서는 안 될 것 같다는 느낌이 들었겠지요. 내가 죽는다면, 내가 그리고 그대가 사랑하는 유화 또한 천외천주의 손에 의해 죽어 없어질 테니……."

'이, 이…….'

무유화를 향한 자신의 감정을 읽혀버린 염부심이 두 주먹을 꽈득 말아 쥐고 부르르 떨었다.

그런 그에게 윤이 계속 말을 했다.

"아직까지는 천문을 이끄는 나만이 그나마 천외천주를 상대할 수 있을 테니……. 이것이 바로 내가 그대에게 필요한 이유가 아니겠소. 그렇기에 내가 죽는다면 그대의 상념은 더더욱 깊어질 터……."

"뚫린 입이라고 함부로 지껄이는 것이냐?"

염부심이 입술을 부들부들 떨며 으르렁거렸다.

하지만 윤은 한 치의 요동조차 없었다.

"내가 그대에게 원하는 것은 하나요. 적여하에게 내가 적여립을 잡고 있다고 전하던지, 아니면 천외천주에게 그 사실을 알리던지……. 물론 시간을 지체한다면, 적여립이 사라진 이상, 그대의 전갈이 없더라도 천외천주가 먼저 움직이겠지요. 그렇게 된다면 피할 수 없는 싸움이 벌어질 테고……."

윤의 이야기는 계속 이어졌다.

"선택은 그대의 몫이요."

"천외천의 천령인 내가 감히 천문의 네놈 뜻대로 움직일 것 같더냐?"

"그렇게 보이는구려. 아직까지는……."

"네놈이 나를 몰라도 한참을 모르는구나. 내가 예전의 염부심인 줄 아느냐?"

"그대가 예전의 염부심이든 아니든 내 관심을 끌기에는 턱없이 부족하오. 왜인 줄 아시오? 내 관심은 오직 유화의 안녕뿐이기 때문이오. 그대가 지금 이토록 흥분하는 이유가 그런 것처럼……."

'네놈이 감히 나를…….'

염부심은 아무런 대꾸도 할 수 없었다.

천외천의 천령으로 다시 태어났지만, 윤의 말처럼 그 또한 무유화를 여전히 사랑하고 있었기 때문이다.

무유화를 생각하는 두 사내의 마음은 똑같았다.

하지만 윤과 염부심은 이 세상에 같이 설 수 없는 분명한 적이었던 것이다.

*   *   *

철혈무가의 그 누구도, 심지어 월하정에 머물고 있는 식솔들조차도 월하정 지하에 비밀 공간이 존재하는지를 알지 못했다.

장방형의 구조로 짧은 벽의 폭이 칠팔여 장이나 되는 꽤나 넓은 장소였다.

윤도 이런 장소가 있을 줄은 전혀 생각하지 못했다.

그저 우연찮게 발견한 곳이었다.
 중앙에 기다란 탁자와 이십여 개의 의자가 있었고, 간단한 장식품들이 벽면 아래 곳곳에 자리를 했다.
 마치 비밀스런 회합이 열리는 곳처럼 느껴지는 장소였다.
 촤랑!
 적여립이 자신의 두 팔과 두 다리를 옥죄고 있는 굵직한 쇠사슬을 끊어보려고 안간힘을 썼다.
 하지만 꿈쩍도 하지 않았다.
 아니, 오히려 그러면 그럴수록 고통만 가중될 뿐이었다.
 "휴우……."
 '대체 여기가 어디란 말인가! 정녕, 이대로 끝이란 말인가. 정말 허무하군.'
 의식이 없는 상태에서 이곳으로 옮겨진 적여립이 긴 한숨을 내쉬곤 주위를 둘러봤다.
 자그마한 출구 하나만 존재하는 꽉 막힌 구조.
 탈출할 길이 전혀 보이지 않는 답답하기 그지없는 장소였다.
 '무서운 놈이다. 사람의 생각까지 읽어내어, 그 감정을 움직이려 하다니…….'
 문득 윤을 떠올린 적여립이 치를 떨었다.
 윤의 말마따나 적여립이 잡힌 건 우연이 아니었다.
 더 나아가 적여립의 약점을 찾아 그를 이용하려는 윤의 용의주도함에 적여립은 그만 할 말을 잃고 말았다.
 가진 바 힘과 그 무공은 또 어떠한가.

"으음……."

적여립의 입에서 가느다란 한숨이 새어 나왔다.

시간이 지나 약속한 하루가 다가올수록 그의 마음은 더욱 초조해져만 갔다.

죽음이 두렵지는 않았다.

적여립의 초조해하는 건 오직 그의 동생 적여하의 안전 때문이었다.

약속한 하루는 쏜살처럼 지나갔고, 윤은 정확히 하루가 지난 시점에 적여립을 찾아왔다.

또다시 마주한 두 사내.

"……."

그들의 얼굴에는 너무도 상반된 표정이 떠올랐다.

윤의 표정이 지극히 담담한 반면, 적여립의 얼굴엔 진한 먹구름이 잔뜩 끼어있었다.

"생각해 보았소?"

윤이 적여립과 조금 떨어진 장소에 우두커니 서서 물었다.

"했지. 그것도 아주 많이 말이야."

"그래서 어떤 결과를 얻었소?"

"후후, 물론 최선의 결과를 얻었지."

적여립이 피식 실소를 흘리며 대답했다.

"궁금하군요. 그 결과가 어떤 것일지……. 이제 시간이 되었으니 대답을 해주셨으면 좋겠는데……."

"내 아무리 너의 포로가 되었다 하나 나 또한 조건이 있다."
"무엇입니까?"
윤이 거리낌없이 물었다.
"난 엄연히 천외천의 천령들의 대사형이다. 그런 내가 조직의 비밀을 모조리 누설할 수는 없질 않겠느냐. 어느 정도 선을 지켜준다면, 그 선 안에서만큼은 너의 궁금증을 풀어주도록 하겠다."
"그 선을 넘는다면?"
"물론 오가는 대화가 무의미해지는 것이겠지."
적여립이 초조한 마음으로 윤의 대답을 기다렸다.
"내가 궁금한 것은 천외천의 조직 구성과 위치, 그리고 할아버지와 훈련대장께서 감금된 장소가 어디냐는 것이오. 물론 궁금한 것이 몇 가지 더 있긴 한데……. 그건 내 스스로 풀어가도록 하겠소."
"후훗!"
윤의 말에 적여립이 코웃음을 쳤다.
그러다 곧바로 입을 열었다.
"결국 다 알려달라는 말이구나."
"생각하기에 따라 그 의미는 조금씩 다르겠지요."
"그 의미가 다르다? 후후후……."
적여립의 표정에 냉소가 맺혔다.
그런 그가 이내 입을 열었다.
"그런데 이 일을 어쩐다. 결국 대화의 의미가 사라져버렸으니……. 후후후…….”

 조직의 구성도라니.

 다른 건 몰라도, 천외천의 조직 구성도만큼은 절대 알려줄 수는 없었다.

 적에게 자신의 모든 것을 밝히는 것과 하등 다를 바가 없었던 까닭이다.

 "애석한 일이군요."

 "네 생각처럼 여하가 쉽게 움직일 것이라 보는가? 아니, 천외천이 어디에 존재하는지도 모르는 네놈이 어찌 여하와 접촉이나 할 수 있겠느냐? 후후후. 어림없는 수작 부리지 말고, 어서 죽여라."

 "글쎄요. 그건 지켜봐야 알 일이 아니겠소."

 윤의 입가에 묘한 미소가 매달렸다.

 적여립은 그 미소가 왠지 마음에 걸렸다.

 "마지막으로 묻겠소."

 "난 더 이상 너와 할 말이 없다."

 적여립이 두 눈을 감곤 무심한 음성을 내뱉었다.

 그런 그의 귓속으로 윤의 음성이 파고들었다.

 "그럼, 다음에 또다시 보도록 하지요. 그땐 약속대로 적여하와 함께 오도록 하겠소."

第七章 분노하는 적여하

수호무사

전갈을 다 읽은 적여하의 두 눈이 붉게 물들며 이글이글 타올랐다.
전갈의 내용은 간단했다.
현재 적여립의 상태가 간략하게 적혀 있었고, 그를 찾고 싶다면 시간과 장소를 정해서 알리라고 쓰여 있었다.
물론 천외천주가 모르게 움직여야 한다는 조건이 전갈 맨 후미에 달려 있었다.
'윤……'
적여하가 허공의 한 점을 노려보며 입술을 바르르 떨었다.
윤을 향한 분노가 머리끝까지 치솟았던 까닭이다.
"죽인다……"

적여하가 진한 살기를 내뿜으며 짧게 중얼거렸다.
그에게 있어 전갈의 내용은 심히 충격적이었다.
믿고 싶지 않지만 전갈을 띄운 사람이 염부심이었기에, 믿지 않을 수도 없는 노릇이었다.
물론 내용의 전부를 믿을 수는 없었다.
일부는 사실일 테고, 또 일부는 거짓으로 꾸며진 계략일 터였다.
하지만 분명한 것은 적여립이 윤의 손아귀에 잡혀 있다는 사실이다.
그리고 그로인해 적여하의 이성적 생각은 제대로 이루어질 수가 없었다.
오직 들끓는 분노만이 그의 전신을 휘감을 뿐이었다.

적지 않은 시간이 흐른 뒤 적여하가 분노를 애써 억누르곤 생각에 잠겼다.
'시간과 장소를 나보고 정하라고?'
적여하가 고개를 갸웃거렸다.
아무리 생각해도 이상한 조건이었다.
열쇠를 쥐고 있는 쪽은 분명 윤인데, 약속 시간과 장소를 적여하에게 정하라니.
왜 위험을 감수하려 하는 것인가.
적여하는 좀처럼 윤의 의도를 파악할 수가 없었다.
그만큼 자신이 있다는 말일까. 아니면 고도의 계략일까.

적여하로서는 마다할 조건이 분명 아닌데, 그의 고민은 깊어만 갔다.
 하지만 이내 고민을 떨쳐낸 적여하가 두 눈을 싸늘하게 빛내곤 자리에서 일어났다.

 한편 그 시각, 적여하가 그런 것처럼 윤 또한 그 나름대로 고민을 거듭하고 있었다.
 윤은 지금 한 판의 거대한 도박판을 짜고 있었다.
 무유화를 지키고, 단번에 천외천을 제압할 수 있는 최선의 방법을 강구하고 있었던 것이다.
 하지만 그것이 좀처럼 쉽지 않았다.
 당연한 일이었다.
 무진강을 비롯해 전대 은영들 모두를 잃은 천문은 천외천의 적수가 되지 못했던 까닭이다.
 아무리 기가 막힌 계획일지라도 이를 실행할 힘이 부족하니, 수정에 수정만 거듭할 뿐이었다. 더 안타까운 점은 그렇게 수정을 거친 계획조차도 그 결과를 점치기 힘들었고, 항상 목숨을 내걸어야 한다는 것이다.
 이번에 적여하를 생포하려는 계획도 그랬다.
 천외천주의 눈을 속이고 적여하를 잡으려면, 그의 몸이 우선 자유로워야 했다.
 그래서 적여하로 하여금 약속 시간과 약속 장소를 정하도록 한 것이다.

윤으로서는 당연히 목숨을 거는 행동이었다.

그가 약속 장소에 어떤 음모를 꾸며놓을지 도무지 알 수가 없었기 때문이다.

하지만 윤에게는 선택의 여지가 없었고, 시간조차 촉박하기만 했다. 우습게도 윤에게 잡힌 적여립은 선택할 수 있는 길이 있는 반면, 오히려 윤은 외길로 갈 수밖에 없는 상황이었던 것이다.

"무슨 생각을 그리 골몰히 해?"

가오성이 윤의 거처로 들어서며 말을 했다.

그런 그의 표정이 조금 어두웠다.

요즘 윤의 고민과 걱정이 얼마나 큰지 너무도 잘 알고 있었기 때문이다.

"왔어."

윤이 복잡하게 얽힌 상념을 잠시 접어버리곤 가오성을 바라봤다.

"……"

윤의 곁으로 말없이 다가온 가오성이 의자에 앉았다.

"사형……."

가오성이 그답지 않게 굳은 낯빛으로 윤을 불렀다.

"표정이 왜 그래? 너무 심각하잖아."

오히려 윤이 장난스런 표정을 지으며 어색한 분위기를 몰아내려 했다.

하지만 가오성의 표정은 한 점 흔들림도 없었다.

"왜 모든 짐을 혼자 짊어지려고 하는데……. 사형이 강하고 똑똑한 건 나도 인정해. 하지만 세상은 함께 살아가는 거야. 왜 그걸 몰라."

가오성이 진지한 음성으로 말을 하자 윤의 얼굴에서 장난기가 싹 사라졌다.

"알아."

"아니, 모르는 거 같은데……."

가오성은 왠지 서운했다.

그리고 그 심정이 그대로 가오성의 음성에 묻어났.

윤은 가오성의 마음을 충분히 이해할 수 있었다.

하지만 소중한 사람들의 목숨까지 위험에 빠져들게 만들 수는 없었다.

"비록 피 한 방울 섞이지는 않았지만, 그래도 나는 우리가 형제라고 생각한다. 죽는 그 순간까지 이 마음은 변하지 않을 테고. …사형 마음을 모르는 건 아니야. 하지만 말이야. 우리는 기쁨도, 슬픔도, 고난도, 역경도, 그 목숨까지도 나눠 가져야 하는 거야. 왜냐하면 우린 형제니까……."

가오성이 윤의 깊은 두 눈을 가만히 바라봤다.

윤을 바라보는 가오성의 눈빛에 무한한 정이 듬뿍 묻어 있었다.

순간 윤의 목울대가 움찔거렸다.

속에서 뜨거운 그 무언가가 울컥 치밀어 올랐기 때문이다.

나이 많은 사제, 가오성.

그는 지금껏 단 한 번도 나이 어린 윤에게 나이를 거들먹거리지 않았다.

그 말투는 더없이 투박하고 거칠었지만, 가오성은 남자 중의 남자였다.

그 누구보다 뜨거운 가슴을 가진 남자.

"나는 단지……."

윤이 입을 열려 했지만, 가오성이 손을 들어 그의 말을 잘라 버렸다.

"알아. 사형이 무슨 말을 하려는지……."

가오성이 말을 잠시 멈추곤 아랫입술을 잘근 깨물었다.

그리고 이내 입을 열었다.

"이것만 알아둬. 사형 몸은 더 이상 사형만의 것이 아니라는 거……. 건형도, 적위도, 그리고 령령도, 심지어 아가씨조차도, 그들 모두가 사형을 위해 목숨을 내건 사람들이야. 그들을 지키려는 사형의 마음이 오히려 그들을 아프게 한다는 사실을 알아줬으면 해."

　　　　　　＊　　＊　　＊

염부심이 윤의 거처를 찾은 시각은 으슥한 새벽녘이었다.

그리고 주루에서 헤어지고서는 이레가 지난 뒤였다.

마치 염부심이 올 줄 알았다는 듯, 새벽임에도 윤의 거처에는 불이 환했다.

"을씨년스럽기만 하던 월하정에 늦은 온기가 감도는구나."

이시백의 성화에 못 이겨 귀객당에서 월하정으로 거처를 옮긴 정검문의 일대제자들 비꼬는 말이었다.

"늙은 온기로 치부될 분들이 아니거늘……. 말에 가시가 박혀 있군요."

"후후, 그리 들었다면 오해다. 그저 활기찬 분위기가 부러워 그랬느니라. 그나저나 이거야 원! 말 한마디 까딱 잘못했다간 목이라도 벨 기세구나."

염부심이 미소를 머금은 채 윤의 두 눈을 무섭게 노려봤다.

윤은 염부심의 눈빛을 피하지 않았다.

"후후후……. 애들도 아니고. 내가 지금 뭔 짓을 하고 있는 것인가."

먼저 시선을 피한 염부심이 중얼거렸다.

"오늘, 적여하로부터 전갈이 당도했다."

염부심이 탁자를 톡톡 건드리며 윤을 찾아온 용건을 꺼냈다.

순간 윤의 눈동자가 살짝 흔들렸다.

적여하로부터 전갈이 당도했다 함은, 목숨을 건 도박이 어느 정도 성과를 올렸다는 의미였다.

물론 더 지켜봐야 알 일이지만, 그 결과가 어떨까에 대한 윤의 확신은 흔들리지 않았다.

"만나자더구나."

"날짜는……?"

"사흘 후."

윤이 짧게 묻자 염부심 또한 짧게 대답했다.

"장소는 어디요?"

"모든 걸 너무 쉽게 얻으려 하는구나. 내가 그리 호락호락하게 보였느냐? 내가 분명 말하지 않았더냐. 지금의 난 예전의 염부심이 아니라고……."

말끝을 흐리는 염부심의 입가에 비릿한 미소가 걸렸다.

"무엇을 원하오?"

"원하는 것? 후후후……."

염부심이 턱 끝을 매만지며 두 눈을 지그시 내려 깔았다. 그러던 그가 대뜸 물었다.

"네가 과연 내가 원하는 것을 줄 수 있을까? 갑자기 궁금해지는군. 네가 줄 수 있는 것이 무엇인지……. 그렇다고 공으로 이 귀한 정보를 넘겨줄 수도 없는 노릇이고."

칼자루를 쥔 염부심이 잔뜩 뜸을 들였다.

"천문을 달라 하면 줄 것이냐? 아니면, 네 목숨을 내놓으라 하면 내놓을 것이냐? 그도 저도 아니면……."

잠시 말을 끊은 염부심이 윤의 두 눈을 뚫어버릴 듯 쏘아보았다.

"유화를 포기하라 하면 할 것이냐?"

"철전 한 닢으로 세상을 얻으려 하는군요."

"하하하……."

염부심이 갑자기 웃음을 터뜨렸다.

그렇게 한참을 웃던 염부심이 거짓말처럼 웃음을 싹 떨쳐냈다.

"어차피 둘 중 하나는 이 세상에서 사라져야 끝나는 싸움……. 하지만 아직까지는 서로가 필요하니, 이번만큼은 네가 원하는 대로 움직여주마."

염부심이 의미심장한 눈빛을 빛내며 말을 했다.

"며칠 뒤, 나는 철혈무가를 떠난다."

"……?"

갑자기 화제를 돌리는 염부심의 행동이 의아했는지, 윤이 살짝 고개를 틀었다.

"백도련이 내게 커다란 중책을 하나 맡기더구나. 삼합회를 쓸어버릴 만한 직책을 말이다."

"축하라도 해주어야 하오?"

"축하는 무슨……. 그 모두가 이미 짜인 각본일 뿐인데."

이미 짜인 각본이라니.

염부심이 뜬금없이 아리송한 말을 내뱉었다.

"무슨 의미요?"

윤이 눈빛을 반짝 빛내곤 물었다.

"삼합회가 정녕 청도문을 건드렸다고 생각하느냐? 아하! 내 정신 좀 보게. 유화와 제남지부장이 은밀한 타협을 보고 싸움을 멈추기로 약조를 하였다 하던데……. 그렇다면 너도 이미 짐작은 하고 있었겠구나. 청도문을 공격한 무리가 삼합회가 아니라는 것을……."

염부심이 아차 했다는 듯 고개를 크게 끄덕였다.
"그것을 어찌 아시오?"
아무도 모르는 일이었다.
강호의 사람들이 아는 사실은 철혈검대에 의해 제남지부가 완전히 무너졌고, 그로 인해 철혈검대의 반이 쓰러졌다는 소문뿐이었다.
그런데 관심에도 없던 염부심이 그 사실을 정확히 꿰뚫고 있었던 것이다.
"궁금하더냐?"
염부심이 물었지만, 윤은 아무런 대답도 하지 않았다.
그런 윤을 바라보며, 염부심이 조롱하듯 비웃었다.
"청도문을 공격한 사람이 바로 원령과 혁령이었다. 그리고 삼합회주, 낭왕 나도진. 그가 바로 그들에게 명령을 내린 천외천의 전대 천령 중 한 명이다."
'저, 전대 천령!'
어지간해서는 평정심을 잃지 않는 윤인데, 이 순간 그의 두 눈이 크게 흔들렸다.
염부심이 그 모습을 재미있다는 듯 바라보다 입을 열었다.
"네가 알고 있는 천외천의 힘은 빙산의 일각일 뿐이다. 삼합회 전력의 칠 할이 이미 그들의 수중으로 넘어간 상태고, 곧 백도련 또한 그들의 수중으로 넘어갈 것이다. 믿기지 않겠지만, 이 모두가 거부할 수 없는 사실이다."
윤은 염부심이 왜 이런 말들을 꺼내는지 좀처럼 그 의중을 파악할 수가 없었다.

거짓으로 점철된 계략이라 하기엔 염부심의 태도가 진중하기 그지없었다.

염부심의 말을 계속 이어졌다.

"그 계획의 중심에 서 있는 사람이 바로 나다. 낭왕 나도진을 반대하는 삼합회 삼 할의 전력을 없애기 위해 이미 나서기로 되어 있던 자도 바로 나고……. 무섭지 않으냐. 천외천이라는 존재가……."

"그 말을 왜 내게 하는 것이오?"

"그야 간단한 이치지. 네가 나를 필요로 하듯, 나 또한 네가 필요하기 때문이다."

염부심의 만면에 사악한 미소가 번졌다.

그런 그가 재차 입을 열었다.

"그들을 제거하고, 더 높은 곳에 올라서고 싶어서다. 그런데 죽여야 할 그들이 왜 그리 두려운지. 후후후……. 아무리 생각해봐도 그들의 힘을 꺾을 용기가 나질 않더구나. 그런데 말이다. 생각지도 않던 조력자가 불쑥 내 눈앞에 나타난 것이 아니겠느냐. 그것도 그 누구도 무시하지 못 할 무서운 힘을 가진 조력자가 말이다. …천문의 영주, 바보 윤. 바로 너다."

대놓고 자신의 심중을 드러내는 염부심.

하지만 그의 표정에는 자부심이 충만했다.

"……."

윤은 더 이상 염부심의 이야기를 듣지 않아도, 그의 의중을 읽을 수 있었다.
 그리고 자신이 염부심의 의도에 당할 수밖에 없는 상황에 처했음을 느낄 수 있었다.
 "자신하오?"
 "후후후……."
 윤의 물음에, 염부심은 그저 웃음만 지을 뿐이었다.
 그러다 무슨 생각이 났는지 그가 입을 열었다.
 "적여립에게 얻을 수 있는 정보는 무척 많을 것이다. 나와는 비교도 할 수 없을 만큼 천외천에 대한 비밀을 많이 알고 있지. 하지만 그의 입을 열기가 만만치는 않을 것이다. 그의 유일한 약점인 적여하를 잡아 위협을 한다 해도 말이다. 하지만 불가능한 것은 아닐 것이다. 어쨌든 적여하를 생각하는 적여립의 마음만큼은 순수하기 그지없으니 말이다. 그런데 말이다."
 염부심이 잠시 자신의 말을 끊었다.
 "적여하를 잡으려다 자칫 네가 잡힐 수도 있을 것이니, 조심하는 게 좋을 것이다. 그리고 적여립의 마음은 순수하나, 적여하의 마음까지 그렇다고 생각하면 큰 코를 다칠 것이다. 후후후……."
 "고맙구려. 걱정까지 해주시다니……."
 "피차 좋은 것이 좋은 것 아니겠느냐. 후후후. 어쨌든 장소는 말해주마."

　　　　　　*　　*　　*

좁다란 객실에 들어앉아 하루 온종일 죽치고 앉아 음식만 축내는 원치경을 바라보는 도삼은 도저히 한숨을 멈출 수가 없었다.

도삼은 원치경이 왜 이러고 있는지 도무지 이해할 수가 없었다.

돈도 벌 만큼 벌었고, 이 정도면 흑풍대의 빈곤한 재정을 채우고도 남았으니, 벌써 대막으로 떠났어야 하는 것인데.

'대체 뭔 생각을 하고 있는 거야! 한량이 따로 없구먼, 한량이 따로 없어.'

도삼이 인상을 꽉 찡그린 채 침상에 누워 콧노래를 흥얼거리는 원치경을 쩨려봤다.

"형님……."

"왜 그러느냐."

"안 심심하우?"

"심심하긴……. 간만에 이렇게 푹 쉴 수 있어, 더없이 좋기만 한데."

"휴우……."

도삼이 천장이 무너져라 한숨을 내쉬었다.

"형님……."

"왜 자꾸 그러느냐?"

"꿍꿍이가 뭐요?"

"꿍꿍이라니? 그 무슨 뚱딴지같은 소리냐?"

"정말 나한테까지 이러기요? 내가 뭐 바본 줄 아시오. 나도 알 건 다 안단 말이오."

"내 뭘 어쨌다고? 그리고 알긴 뭘 안단 말이냐?"

원치경이 황당한 표정을 지었다.

그런 그에게 도삼이 가재 눈을 뜨고 입을 열었다.

"이번엔 철혈무가가 아니오?"

"철혈무가라니 그건 또 뭔 소리냐?"

"더 이상 삼합회의 돈을 뻥땅을 칠 수 없는 상황이니, 이번엔 이시백을 이용해 철혈무가의 돈을 중간에서 뻥땅 좀 치자, 뭐 이런 것 아니오? 지금……."

"하아……."

도삼의 말에 원치경은 그만 할 말을 잃고 말았다.

그런 그를 여전히 째려보며 도삼이 다시금 입을 열었다.

"아무리 돈이 좋다지만, 욕심이 과하면 다치는 법이오. 자칫 이 목이 떨어질 수도 있다는 말이오. 다른 곳도 아니고, 철혈무가의 돈을 뻥땅을 치자니……. 하아! 미치지 않고서야, 어찌 그런 발상을 할 수 있단 말이오. 참! 형님도 대단하오. 정말 대단하오."

"하아……. 내 생각엔 너의 그 머리가 정말 대단하구나. 어찌 그런 생각을 할 수 있단 말이냐."

서로를 향해 한숨만 푹푹 내쉬는 원치경과 도삼이었다.

그렇게 얼마의 시간이 지났을까.

"아우님, 안에 있으신가?"

이시백의 음성이 객실 안으로 퍼지기 무섭게, 도삼의 신형이 번개처럼 튀어올랐다.

"오셨습니까, 어르신."

"네놈이 웬일로 손수 문을 다 열어주느냐?"

이시백이 별일이라는 듯 도삼을 흘겨봤다.

"말학후배인 제가 무림의 대선배님을 뵙는데, 이 정도는 기본이 아니겠습니까. 하하하!"

도삼이 멋쩍은 웃음을 지었다.

그 모습을 의아한 표정으로 바라보던 이시백이 이내 원치경을 바라보며 물었다.

"아우님, 이놈이 뭘 잘못 먹은 것 같은데……. 의원에게 한번 데려가 봐야 하는 것 아닌가?"

"간혹 저러니 신경 쓰지 마십시오. 형님."

원치경이 이시백에게 자리를 내어주며 말을 했다.

'크크크! 알겠수다. 내 형님만 믿고, 마지막으로 한 번 제대로 뺑땅을 쳐 보겠수다. 설마 죽기야 하겠소. 철혈무가라……. 저 이시백만 잘 구워삶으면 별탈없이, 큰돈을 거머쥘 수 있겠지. 삼합회에서 긁어모은 금자보단 훨씬 더 많은 돈을 긁어모을 수 있을 거야. 암암, 철혈무가인데……. 크크크!'

도삼이 원치경과 이시백을 번갈아 힐끗거리며 음흉한 미소를 지은 채 생각했다.

"저놈이 정말 미쳤나. 야, 이놈아 왜 그리 자꾸 쳐 웃고 지랄이냐? 징그럽게……."

"아! 어르신만 보면 괜히 마음이 편해지고, 기분이 좋아져서……. 하하!"

도삼이 멋쩍은 웃음을 지어보였다.

"어허, 이거야 원! 웃는 얼굴에 침을 뱉을 수도 없고……."

이시백이 어쩔 수 없다는 듯 고개를 절레절레 흔들었다.

그리곤 원치경을 돌아보며 입을 열었다.

"그래, 생각은 해보았는가?"

이시백이 초조한 낯빛으로 물었다.

얼마 전, 원치경에게 특별한 일이 없으면, 사라진 용사랑을 같이 찾자고 제안을 했던 까닭이다.

"생각할 것이 어디 있습니까? 당연히 제가 해야 할 일입니다. 안 그래도 늘 가슴 한편에 죄송함을 담고 있었는데……."

원치경이 사뭇 진지한 낯빛으로 말을 했다.

그때 도삼이 불쑥 끼어들었다.

"뭔 생각을 하고, 뭘 한다는 말입니까?"

도삼의 표정에 진한 호기심이 묻어 있었다.

"이 아이에게 언질을 안 준 모양이군."

"예. 동생에게는 아직 이야기를 안 했습니다."

"대체 뭔 이야기를 안 했다는 겁니까, 형님?"

도삼이 안달난 표정으로 원치경을 재촉했다.

도삼은 오직 철혈무가의 황금을 뻥땅칠 마음뿐이었다.

그리고 지금 원치경과 이시백 사이에 오가는 대화가 바로 그 시발점이라 추측하고 있었던 것이다.

그래서인지 그의 표정은 기대감에 잔뜩 들떠 있었다.
"사라지신 용사랑 어르신의 흔적을 찾을 참이다."
원치경이 도삼을 향해 말을 했다.
"아하……. 그렇군요. 으음, 당연히 형님께서 해야 할 일이 겠지요. …좋습니다! 그런 일이라면 작은 힘이지만, 이 동생 또한 힘을 보태도록 하겠습니다."
'그렇지. 그런 일이라면 크게 한몫을 챙길 수 있겠지. 철혈 검대와의 껄끄러운 관계도 깨끗이 씻어낼 수 있을 테고……. 크크큭! 역시, 형님의 계획은 대단하구나.'
도삼이 원치경의 순수한 마음을 오해를 하고는 지극히 옳은 말이라는 듯 고개를 크게 끄덕였다.
"도삼아, 너 괜찮은 것이냐?"
"제가 왜요?"
"아니……. 그게……."
원치경이 황당한 표정을 지으며 말끝을 흐렸다.
이야기를 듣자마자, 도삼이 두 눈을 부라리고 불평을 늘어 놓을 것이라 생각했는데, 전혀 예상 밖의 행동을 보여 어리둥절했던 까닭이다.
"보기보단 화통한 구석이 있는 아이였구나. 껄껄!"
이시백이 의외라는 듯 너털웃음을 터뜨렸다.
"어르신, 제가 이래봬도 의리 하나로 지금껏 버텨온 놈입니다. 하하!"
"어쨌든 기꺼이 한 팔을 거들어 준다하니, 더없이 고마운 일이구나."

"윤 소협도 이번 일에 참여를 하는 것입니까?"

원치경이 궁금하다는 듯 물었다.

"나름 할 일이 있다고 하더구먼. 데리고 다니며 강호의 경험을 쌓아주고 싶었는데……. 아쉽지만, 강요를 할 수가 없었네."

"잘 하셨습니다."

"믿기 힘든 일이지만, 총기가 뛰어난 아이더군. 나이답지 않게 심기도 깊고 말이야. 형님과 전대 련주께서 총애를 했던 이유가 있었던 게야. 껄껄!"

윤을 생각하며, 이시백이 기분 좋은 웃음을 터뜨렸다.

"그런데 할 일이라는 게 무엇일까요?"

"잠시 어디를 다녀올 곳이 있다 하더군."

"아가씨와 관계된 일입니까?"

"굳이 묻지는 않았지만, 그건 아닌 것 같았네. 그런데 왜 그리 윤이의 일에 관심이 많은가?"

"이상하게 윤 소협에게 자꾸 호감이 가는군요. 친하게 지내면 서로에게 큰 도움이 될 것도 같고……."

'호감은 개뿔! 내가 볼 땐 건방지기만 하더만……. 어깨에 힘만 들어간 어린놈이거늘. 쯧쯧!'

원치경의 말에, 도삼이 코웃음을 쳤다.

"그나저나 언제부터 일을 시작할 참입니까?"

원치경이 이시백에게 물었다.

"이미 사제들이 형님에 대한 정보를 수집하기 시작했네. 어느 정도 정보를 수집한 후 본격적으로 움직일 참이네."

"제가 해야 할 일은 무엇입니까?"

"당분간은 정보를 수집하는데 총력을 기울여야 하니, 굳이 자네가 나설 필요는 없을 걸세. 하지만 일이 시작되면 눈코 뜰 새 없이 바쁠 터이니, 휴식을 취하며 몸이나 잘 추스르고 있게나."

  *   *   *

다음 날.

도삼이 관자놀이를 연신 긁적이며 난감한 표정을 지었다.

객잔뿐만이 아니라 온 저자를 뒤져봤지만, 소리 소문 없이 사라진 원치경은 찾을 수가 없었기 때문이다.

지금껏 단 한 번도 이런 적이 없었기에, 도삼의 걱정은 이루 말할 수가 없었다.

"이 인간이 대체 어디를 간 거지?"

아무리 머리를 굴려보지만, 도삼은 원치경이 갈 만한 곳이 도무지 생각이 나질 않았다.

"대막으로 갔을 리는 없고……. 아, 쌩! 이 형님, 이거 정말 미치겠네."

도삼의 얼굴이 먹빛으로 까맣게 물들었다.

그만큼 원치경에 대한 걱정이 컸던 까닭이다.

이는 그토록 먹성 좋은 도삼이 아침과 점심을 모두 거를 정도였다.

"아니, 도대체 이 인간이 갈 때가 없는데……."

도삼이 연신 저자를 두리번거리며 중얼거렸다.

그러던 그의 시야에 한 사내의 모습이 잡혔다.

휙—

도삼이 당황한 표정으로 신형을 팩 돌려세웠다.

갑자기 커다란 죽립까지 푹 눌러쓴 모습이 꽤나 놀란 모습이었다.

'하필 왜 저 새끼가 이 상황에 나타난 거야. 설마……. 못 봤겠지.'

도삼이 속으로 중얼거렸다.

그렇게 얼마의 시간이 지났을까.

"어이!"

도삼의 귓속으로 퉁명스런 음성이 파고들었다.

"커흠!"

도삼이 못 들은 척 헛기침을 내뱉고, 걸음을 돌려세우려던 찰나 또다시 퉁명스런 음성 그의 귓가를 건드렸다

"얀마! 너 거기 안 서."

'야, 얀마? 이, 이런 개새…….'

도삼의 눈꼬리가 길게 찢어졌다.

대막을 평정한 살혼검에게 얀마라니.

순간 도삼의 얼굴이 시뻘겋게 후끈 달아올랐다.

하지만 그것도 잠시.

도삼이 솟구치는 노기를 애써 누르며 재차 자리를 뜨려 걸

음을 옮겼다.
 하지만 어느새 그의 뒤에 바싹 달라붙은 사내가 그의 허리춤을 꽉 붙잡았다.
 자리를 피하긴 이미 글러먹은 터였다.
 "너 대머리 맞지?"
 도삼에게 묻는 사람은 다름이 아닌 가오성이었다.
 "크흠! 사람 잘못 보셨소."
 "잘못 보긴 인마. 딱 보니 대머린데……."
 "잘못 봤다니깐! 쌍!"
 "말하는 꼬락서니가 딱 대머리 맞네."
 '왜 하필 이 새끼를 여기서 만난 거냐! 제, 제기랄!'
 도삼이 내심 가오성을 향해 욕설을 퍼부었다.
 "그 손 놔라. 어르신이 지금 무척 바쁘시거든."
 도삼이 어쩔 수 없다는 듯, 음성을 무섭게 내리깔았다.
 "싫다면?"
 가오성이 한 점 흔들림도 없이 짧게 물었다.
 그 기세가 결코 만만치 않았다.
 다른 사람이었다면 도삼의 한 마디에, 걸음아 나 살려라 하며 벌써 도망을 쳤을 일인데.
 "그러다 골로 가는 수가 있다."
 "그래서 뭐 어쩌라고?"
 "그러니 놓으라고. 다치기 싫으면……."
 도삼이 계속 으르렁거렸지만, 그의 허리춤을 잡고 있는 가오성의 손아귀의 힘은 더욱 강해질 뿐이었다.

"네놈이 이곳엔 어쩐 일이냐? 네놈이 올 곳이 결코 아닐 텐데……."

"이시백 어르신을 뵈러 왔다. 왜?"

도삼이 신형을 팩 돌려세운 후 가오성을 향해 두 눈을 무섭게 내리깔았다.

그런 그의 얼굴을 올려다보며, 가오성이 어이가 없다는 듯 피식 미소를 지었다.

"이시백 어르신? 푸풋! 놀고 있네. …얀마, 그걸 지금 나보고 믿으라고? 정파의 태두라 불리시는 이시백 어르신이 할 일없이 삼합회의 떨거지인 너를 왜 만나? 더군다나 철혈검대를 쑥대밭으로 만든 네놈을 왜……."

"야, 얀마?"

다른 말은 하나도 도삼의 귀에 들어오지 않았다.

그저 그의 귓구멍을 괴롭힌 말은 얀마라는 말뿐이었다.

"무슨 꿍꿍이로 철혈무가의 영역에 발을 들였는지는 모르겠지만, 어쨌든 제 발로 무덤을 찾아오다니, 이거 고맙다고 해야 하나."

"이 쥐방울만 한 새끼가 정말 죽고 싶나?"

"대머리 네놈이 비정상적으로 큰 거지. 왜 내가 쥐방울만 해. 인마."

"이, 이 새끼가 정말!"

파아앙—

도삼이 결국 분을 이기지 못하고, 가오성의 면전을 향해 주먹을 내질렀다.
 하지만 가오성은 이미 뒤로 훌쩍 물러선 후였다.
 "설마 여기서 한 판 붙어보자는 거냐? 그러면 손해나는 건 너뿐일 텐데."
 가오성이 이죽거렸다.
 결코 틀린 말이 아니었다.
 단 일 수에 가오성을 쓰러뜨린 후 자리를 뜨면 모를까.
 그렇지 못 한다면 삽시간에 철혈무가의 무인들이 구름떼처럼 몰려들 테니 말이다.
 '하아……. 정말 미치고 팔짝 뛸 노릇이네. 저 미친놈을 한 수에 때려눕힐 수도 없고. 대체! 형님은 어디를 간 거야!'
 도삼의 얼굴이 이내 짜증으로 잔뜩 일그러졌다.
 그러던 그가 사뭇 나긋나긋한 음성으로 입을 열었다.
 어차피 가오성을 달래지 못하는 한 불리한 쪽은 자신이었던 까닭이다.
 "정말이다. 진짜, 정말, 이시백 어르신을 뵈러 왔다. 이시백 어르신께 직접 물어보면 될 것이 아니냐? …아! 맞다! 얼마 전에 윤 소협과도 만났었다. 못 들었냐?"
 "사형이랑? 못 들었는데……."
 윤으로부터 그 어떤 말도 전해들은 바가 없었기에, 가오성이 의아한 표정을 지었다.
 그 모습에 더욱 답답해진 도삼이 애원하듯 입을 열었다.

"내가 지금 진짜 바쁘거든. 그러니 오늘은 이쯤에서 헤어지는 게 어떻겠냐?"

"그럴 수는 없지. 그 꿍꿍이를 알 길이 없는데……."

가오성이 두 눈에 힘을 꽉 주곤 말을 했다.

그 표정으로 보아하니, 일전이라도 펼칠 기세였다.

"조, 좋다. 그럼 자리부터 좀 옮기고 이야기하자. 사람들이 자꾸 쳐다보잖아."

"자리를 옮겼다가 네놈의 꿍꿍이에 당하기라도 하면……. 그건 안 되지."

"하아……."

도삼이 그만 할 말을 잃고 긴 한숨을 내쉬었다.

그리고 그런 그를 가오성이 여전히 예리한 눈빛으로 쏘아봤다.

그렇게 도삼과 가오성이 한참 동안을 저자의 한편에 서서 옥신각신 통하지도 않는 말을 주고받을 때였다.

"오성아, 거기서 뭣하는 게냐? …너는 도삼이 아니더냐?"

때마침 원치경을 만나러 가던 이시백이 가오성과 도삼을 발견하곤 반가운 표정으로 말을 했다.

가오성도 그렇지만, 이제는 도삼 또한 자신의 가족으로 인정을 한 이시백이었다.

"어, 어르신! 왜 이제야 오셨습니까. 제발 제 억울함을 좀 풀어주십시오. 저 미친놈에게 말입니다."

이시백을 만났다는 반가움에 도삼의 두 눈에서는 당장에라도 눈물이 펑펑 흐를 것만 같았다.
"대체 왜 그러느냐?"
"어르신, 저놈이 바로 삼합회 제남지부의 부지부장 도삼이라는 놈입니다."
"아느니라."
가오성이 입을 열자 이시백이 별일도 아니라는 듯 짧게 대꾸했다.
그에 가오성의 두 눈을 동그랗게 뜨곤 고개를 갸웃거렸다.
"어르신 저, 저놈이 바로 철혈무가를 박살을 낸 삼합회의 끄나풀이라니까요."
"안다."
"그러니까 잡아야죠."
"잡긴 누굴?"
이시백이 되려 가오성에게 물었다.
"누구긴 누구입니까. 바로 저 대머리 놈이죠."
"우선 자리 좀 옮기고 이야기를 나누자꾸나. 쯧쯧! 진즉 이야기해 줄 것을……."
사람들의 시선을 의식한 이시백이 타이르듯 가오성에게 말을 했다.

第八章 적여하와 맞서다 (上)

수호무사

죽립을 깊이 눌러쓴 한 사내가 다 쓰러져가는 허름한 주루로 들어섰다.

이토록 한적한 곳에 주루가 있다는 것이 의아할 정도로 인적이 드문 장소였다.

"……"

외부 모습과 마찬가지로 주루 내부도 그 모습이 형편없었다.

쾌쾌한 냄새와 지저분한 모습까지.

어지간한 비위가 아니라면, 술과 음식을 먹을 수조차 없는 환경이었다.

그런 주루 한 가운데서 조용히 앉아 술을 홀짝이는 사내가 있었다.
 그는 마치 여인 마냥 그 피부가 더없이 하얀 미장부 적여하였다.
 "오랜만이군."
 적여하가 윤에게 시선도 주지 않은 채 짧게 입을 열었다.
 "……"
 윤은 아무런 대꾸도 하지 않았다.
 그저 죽립을 살짝 추켜올리고는 예리한 눈빛으로 주위를 유심히 살필 뿐이었다.
 "긴장하지 말고 앉아. 안 잡아먹을 테니까."
 적여하가 시린 미소를 지으며 말을 했다.
 탁—
 윤이 흰 천으로 감싼 용혈검을 탁자위에 올려놓곤 자리에 앉았다.
 "……"
 서로에게 깊은 상처를 주었던 두 사내 사이에 묘한 정적이 흘렀다.
 "형을 잡고 있다고?"
 적여하의 물음에, 윤이 가볍게 고개를 끄덕였다.
 "형이 입을 안 열어, 그래서 내가 필요한 거냐?"
 "그렇소."
 윤은 굳이 부인하지 않았다.
 "나까지 잡아 가시겠다? 후후훗! 멍청한 건지, 아니면 겁이 없는 건지……. 어쨌든 배짱 하나만큼은 대단하군. …그런데 가능하다고 생각하느냐?"

"쉽지는 않겠지요."

"혼자 오지는 않았을 텐데, 나머지는 어디 있지?"

"혼자 왔소."

"그 말을 나보고 믿으라고?"

적여하가 콧방귀를 날리며 실소를 흘렸다.

"믿으라고 강요한 적 없소. 홀로 왔든 아니든 그건 중요하지 않으니까."

"그럼 중요한 건 뭐지?"

"중요한 건 그대가 내게 필요하다는 거요."

"풋! 건방진 건 예나 지금이나 똑같군."

적여하가 싸늘한 음성을 내뱉었다.

그런 그의 전신으로 위험이 가득한 기운이 무럭무럭 피어올랐다.

"형을 사로잡을 정도의 실력을 가진 놈이라면 만만히 볼 수는 없겠지. 하지만 홀로 이곳까지 왔다하니, 그것참 듣던 중 반가운 소리군."

탁—

적여하가 말이 끝남과 동시에 가볍게 탁자를 후려쳤다.

그러자 그 소리가 신호라도 된 양, 주루 주변으로 심상치 않은 기운이 꿈틀꿈틀 솟아오르기 시작했다.

그 기운은 바로 적여하가 데려온 수하들이 내뿜는 기세였다.

"으음……."

윤의 입에서 가벼운 신음성이 새어나왔다.

이런 상황이 올 것이라 예상은 하고 있었지만 막상 닥치고 보니 긴장감이 절로 생겼던 까닭이다.

그런 윤에게 적여하가 입을 열었다.

"네놈이 나의 형을 잡고 있다 해서 내가 너를 죽일 수 없다고 생각했느냐? 오는 내내 고민을 했지. 너를 생포하는 것이 나을지, 아니면 심장을 꺼내 갈기갈기 찢어버리는 게 나을지. 과연 어찌해야 할까……. 쉽게 결정을 내릴 수가 없더군."

"……!"

적여하가 섬뜩한 눈빛을 빛내며 독백하듯 물었다.

"내가 어떤 결정을 내렸을 것 같나?"

"글쎄요."

윤이 관심도 없다는 듯 무심하게 대답했다.

하지만 그 마음까지 담담한 건 아니었다.

적여립을 잡고 있는 이상 윤은 적여하가 자신을 함부로 어찌할 수 없을 것이라 생각했다.

그런데 적여하의 의미심장한 눈빛을 보고 있노라니, 뭔가 커다란 착각을 했다는 느낌을 지울 수 없었다.

"이곳에서 넌 죽는다, 내 손에……."

"형을 포기한다는 말이오?"

"형을 포기하라니 그 무슨 섭섭한 말이냐. 동생인 내가 그럴 수는 없는 것이지."

스스슥―

윤과 적여하의 주변으로 숨이 막힐 듯 진한 살기가 점점 좁혀 들어왔다.

그러면 그럴수록 윤의 표정은 굳어졌고, 적여하의 미소는 진해졌다.

"긴장되느냐?"

"긴장이 되기보단 아쉽군요."

척!

윤이 몇 마디 중얼거린 후 용혈검을 쥐곤 신형을 일으켜 세웠다.

더 이상의 대화가 무의미함을 행동으로 보여준 것이다.

"변한 것은 없소. 그대는 나와 함께 가야 할 테니……."

"건방진 놈. 곧 죽을 놈이 끝까지 허세를 부리는구나. 다시는 건방을 떨 수 없도록 그 입을 찢어주마."

구오오오오―

여전히 앉아 있는 적여하의 전신에서 노도와 같은 기세가 터져 나와 윤을 향해 폭사됐다.

예전 윤과 사투를 벌였을 때와는 차원이 다른 진일보한 힘이 느껴졌다.

찌이이이잉―

순간 적여하의 살기를 느낀 용혈검이 기이한 울음을 토해냈다.

탁―

쐐애액―

적여하가 좌수로 탁자를 후려치자 빈 술잔이 허공에 튀어올랐다.

그 후 적여하가 우수를 가볍게 휘두르자 술잔이 빛처럼 빠른 속도로 윤을 미간을 향해 날아갔다.

퍼억―

윤이 비껴 올린 용혈검의 검신에 부딪힌 술잔이 그대로 주루의 벽면에 틀어박혔다.

"후훗! 제법이군."

적여하가 신형을 느릿하게 일으키며 짧게 중얼거렸다.

"……."

주루 내부가 일순간 일촉즉발의 긴장감으로 가득 메워졌다.

스스슥―

어느새 주루로 들어온 천외천의 무인들이 윤과 적여하를 빙 둘러쌌다. 그 몸놀림이 마치 그림자를 보듯 은밀하고, 민첩하기 그지없었다.

그들의 행동 하나하나에서 고수의 풍모를 느낄 정도였다.

두 사람을 둘러싼 이들의 수가 정확히 여덟 명이었다.

하지만 그것이 끝이 아니었다.

여전히 주루 밖에는 그 수를 알 수 없는 무사들이 은근한 살기를 피어 올리며 윤의 목숨을 노리고 있었던 것이다.

"이자인가?"

여덟 무인 중 천령으로 보이는 한 무인이 적여하에게 짧게 물었다.

"그래. 이놈이 바로 혁령과 원령을 죽인 천문의 은영이다."

"후훗! 그렇게 대단해 보이지도 않는데……."

무인의 얼굴에 비릿한 미소가 떠올랐다.

"보기보단 그 실력이 만만치 않은 놈이다."

무인과 달리 적여하의 표정은 진지하기 그지없었다.

"그래도 한 놈을 잡기 위해 떼를 지어 몰려오다니, 이거 너무한 것 아닌가."

천령으로 보이는 또 다른 한 무인이 두 어깨를 으쓱거리며 입을 열었다.

"조심하는 게 좋을 거야."

"세 명의 천령도 모자라 이토록 많은 정예들을 데려왔거늘. 조심이라니……. 적령, 자네 너무 앞서 가는 것 아닌가?"

고양이가 쥐를 가지고 놀 듯 윤을 가운데 두고, 적여하를 포함한 세 명의 천령이 가벼운 말들을 주고받았다.

"어쨌든 빨리 끝내고 돌아가지. 만약 천주께서 이 일을 아시기라도 하시면, 경을 칠 터이니 말이야."

드드드드—

윤을 둘러싼 여덟 명의 무인이 조금씩 기세를 끌어올리자, 주루 안의 기물들이 심한 몸서리를 쳤다.

더 이상 아무도 입을 열지 않았다.

그저 살기 어린 눈빛만 교환할 뿐.

그러던 어느 순간, 여덟 명의 무인이 약속이나 한 듯 동시에 윤을 향해 짓쳐들기 시작했다.

　　　　　　　＊　　　＊　　　＊

까아앙!
연이어 터진 금속성에 주루가 쩌렁쩌렁 울렸다.
파팟—
빛처럼 빠르게 용혈검을 휘두르는 윤이었다.
그러나 그 모습이 당장에라도 난자를 당할 듯 위태로워 보였다.
그만큼 윤을 상대로 천외천의 무인들이 펼치는 연환공격은 무시무시했다.
"흥! 정말 제법인데."
최령이 신묘한 몸놀림으로 방어하는 윤을 바라보며 한마디를 툭 던졌다.
"그래봐야 죽는 건 변함이 없을 텐데……. 너무 용을 쓰지는 말라고. 후후……."
최령이 방어에만 급급한 윤을 바라보며 여유로운 음성으로 이죽거렸다.
순간.
쐐애액—
사아아악—
한 무인의 매서운 검공에 윤의 옆구리의 옷이 매끄럽게 잘렸다.
 자칫 옆구리의 살이 뭉툭 썰릴 뻔한 간발의 차였다.
 '으음……'
 윤이 내심 긴 한숨을 내쉬었다.
 천외천 무인들의 합격은 의외로 치밀하고 견고해서, 공격의 활로를 찾기가 여의치 않았기 때문이다.
 '사방, 그리고 사방. 그 사이의 틈을 이용해 반격을 가한다면……'
 내심 중얼거리던 윤의 눈매가 순간 매섭게 빛났다.
 찰나와 같은 아주 짧은 시간이었지만, 여덟 명의 무인이 펼치는 연환공격에는 분명 빈틈이 존재했다.
 얼핏 보면 여덟 명이 동시에 공격을 가하는 것 같지만 사실은 네 명으로 짝지어진 두 개의 조가 찰나의 시간적 차이를 두고 교대로 공격을 가하고 있었던 것이다.
 그리고 그 빈틈을 정확하게 파악을 한 윤이었다.
 그러던 어느 순간.
 쾌애애액―
 용혈검이 매섭게 허공을 갈랐다.
 지금껏 수동적으로 방어만 하던 윤이 최초로 공격을 가하는 순간이었다.
 '오호! 대단한걸!'
 그 모습에 적여하와 함께 역천을 이겨낸 최령이 내심 크게 감탄을 터뜨렸다.

윤이 전환한 공수교환의 동작과 시점이 너무도 깔끔하고 시기적절했던 까닭이다.

"조심해!"
뒤편에서 상황을 주시하던 적여하의 입에서 다급한 경고성이 터졌다.
하지만 안타깝게도 윤의 공격을 받은 천외천의 무인은 그의 경고성을 미처 듣지도 못한 채 살기를 머금은 용혈검에 목젖이 갈리고 말았다.
츄악!
무인이 놀란 두 눈을 부릅뜨곤 봇물처럼 터져 나오는 핏물을 왼손으로 막았다.
하지만 그것도 잠시, 순식간에 다량의 피를 쏟아낸 무인이 이내 힘없이 주루 바닥에 쓰러지고 말았다.
촤라랑—
윤이 허공에 뜬 채 신형을 짧게 틀어 반대편 방향으로 용혈검을 세차게 떨쳐냈다.
파앗—
그러자 용혈검 끝에 묻어 있던 핏물이 한 점 빛이 되어 또 다른 천외천 무인의 미간을 향해 쏘아졌다.
"헛!"
당황한 무인의 입에서 절로 헛바람이 토했다.
단지 핏방울에 불과하거늘, 믿을 수 없게도 천외천의 무인은 그 속에 담긴 힘을 감당할 자신이 없었다.

그래서 황급히 신형을 피하려 했지만, 애석하게도 그것은 그의 마음뿐이었다.

퍼억—

둔탁한 소음이 허공에 퍼짐과 동시에, 미간이 뚫린 천외천 무인의 몸뚱이가 그대로 뒤로 넘어갔다.

동시라고 해도 과언이 아닐 정도로 찰나지간 일어난 놀라운 광경이었다.

'괴, 굉장한 놈이다! 적령이 이토록 준비한 것이 결코 이상한 것이 아니었구나!'

윤의 놀라운 실력에 최령의 가슴이 절로 서늘해졌다.

그때 순식간에 두 명을 쓰러뜨린 윤이 주루를 빠져나가려 하자 적여하가 다급하게 외쳤다.

"입구를 막아!"

그 음성에 최령이 싸늘한 미소를 짓곤 윤의 진로를 막아갔다.

"홍! 어딜 도망가려고! 그렇게는 안 되지."

쐐애애액—

어느새 주루의 입구에 도착한 최령이 서슬 퍼런 검을 가차없이 휘둘렀다.

결코 무시할 수 없는 힘이 담긴 일격이었다.

까아앙!

최령의 검과 용혈검이 거칠게 부딪히자 불꽃이 튀었다.

파팍—

'이거 장난이 아니잖아!'

윤과 일검을 섞은 최령이 신형을 뒤로 물리며 표정을 딱딱하게 굳혔다.

용혈검으로부터 전해진 노도와 같은 힘에 최령의 손끝이 저려왔다. 더불어 힘으로 윤에게 밀린 천령인 최령이 이삼 보를 밀려나간 것이다.

직접 당하고도 최령은 지금의 상황을 믿을 수가 없었다.

그때였다.

파팟!

"최령, 뭐해!"

적여하가 주루를 벗어나는 윤을 발견하곤 허공에 내력을 담은 일갈을 내질렀다.

'이런 제길!'

순간 자신이 밀렸다는 수치심에 최령의 얼굴이 붉게 달아올랐다.

하지만 그것도 잠시, 그의 신형이 윤을 쫓았다.

처처척!

일단의 무리가 주루를 막 벗어난 윤을 겹겹이 에워쌌다.

어림잡아도 칠팔십 명에 달하는 엄청난 수였다.

"으음……."

더 이상 전진할 수 없게 된 윤이 용혈검을 길게 늘어뜨린 채 주위를 느릿하게 쓸어봤다.

'이토록 많은 인원을 데려올 줄이야. 생각이 짧았다.'

"으음……"

윤이 자신의 잘못을 내심 질책했다.

적여립을 잡고 있다는 생각에 어느 정도 안전을 보장받은 것이라 생각했는데, 지금에 와서 보니 어처구니없는 오판이었던 셈이다.

'상대의 진면목을 모르고 무턱대고 덤비다니. 자만에 빠져 스스로 화를 자초했구나.'

윤의 표정은 지극히 무덤덤했지만, 그의 머리는 빠르게 회전하고 있었다.

저 인물들 중 천령이 몇 명이나 있을지도 모르는 판에 전면전을 펼친다면, 윤은 막대한 피해를 감수할 수밖에 없었다. 그렇다고 도주할 수도 없는 노릇이었다.

지금 천외천 무인들의 기세로 보아하니 지옥 끝까지 윤을 추적하여 도살할 분위기였다.

"왜 도망이라도 치려고? 네놈의 두 눈에는 천외천이 그렇게도 만만하게 보였냐?"

적여하가 천외천 무인들에게 삼중으로 에워싸인 윤을 향해 싸늘한 미소를 지으며 말했다.

"안이 좁더이다."

윤이 오감을 활짝 연 채 주위의 위험을 경계하며 입을 열었다.

"좁은 곳이 오히려 너에게는 유리했을 텐데……. 그것참, 희한한 일이구나."

"그만큼 자신이 있다는 말이 아니겠소?"

"후훗! 좋다. 네놈이 얼마나 대단한지, 이번에는 내 직접 확인을 해보마."

파앙!

순간 적여하의 신형이 윤을 향해 화살처럼 쏘아졌다.

파라라락—

두 팔을 미친 듯 휘두르며 거리를 좁히는 적여하.

순간 적여하와 일전을 펼쳤던 예전의 기억이 윤의 뇌리로 파고들었다.

적여하는 결코 만만히 볼 상대가 아니었다.

윤 자신을 죽음 직전까지 몰고 간 괴물임이 분명했다.

꽈득—

순간 윤의 심장이 뜨겁게 달아올랐다.

무인으로서의 강한 호승심이 일순간 강하게 끓어올랐던 까닭이다.

파앗!

예리한 눈빛으로 적여하를 노려보던 윤이 마침내 용혈검을 비껴들곤 전방을 향해 달려들었다.

공간은 삽시간에 압축이 되었다.

그야말로 한 발을 내딛고 손만 뻗으며 닿을 거리였다.

쐐애액—

윤이 망설임없이 적여하의 견정 요혈을 겨냥해 용혈검을 찔렀다.
 그 속도가 눈부실 정도였다.
 파라라락—
 적여하가 두 팔을 기이한 형태로 짧게 회전시키곤 신형을 좌로 살짝 틀었다.
 그러자 용혈검이 그 경로를 잃어 허공의 한 점을 찔렀다.
 그 찰나 윤의 옆구리에 허점이 드러났다.
 적여하는 그 순간을 결코 놓치지 않았다.
 파아앙!
 적여하의 우수가 그대로 윤의 옆구리로 파고들었다.
 폭발적인 힘이 담긴 위력적인 공격이었다.
 치이이익—
 윤이 다급히 신형을 피했지만, 그의 옆구리의 의복은 이미 너덜너덜 찢긴 후였다.
 타앗—
 윤이 적여하와 거리를 이격하기 위해 신형을 황급히 뒤로 뛰었다.
 하지만 적여하는 윤에게 유리한 거리를 결코 주려하지 않았다.
 파파팡—
 적여하가 물러나는 윤을 쫓아가며 연속해서 무시무시한 권장을 뿌려댔다.

하지만 절묘한 보법을 밟는 윤의 몸뚱이에 권장을 적중시키기란 결코 쉬운 일이 아니었다.
'미꾸라지 같은 놈!'
적여하가 내심 욕설을 내뱉었다.
처음의 공격이 무위로 끝난 이후 요리조리 피하기만 하는 윤의 태도가 괜히 얄미웠던 까닭이다.
"언제까지 피하기만 할 참이더냐!"
적여하가 냉소를 머금으며 일갈을 내질렀다.
그런 그의 두 손에서는 여전히 강맹한 위력이 뿜어져 나오고 있었다.
척!
쾌애애액—
순간 정신없이 피하기만 하던 윤이 신형을 우뚝 멈추곤 달려드는 적여하를 향해 용혈검을 일직선으로 내려쳤다.
'헛!'
전혀 뜻밖의 상황이었기에, 적여하의 낯빛이 일순 차갑게 굳어졌다.
주위 천외천 무사들의 표정 또한 경직되기는 마찬가지였다.
적여하는 용혈검을 피할 길을 찾을 수 없었다.
피한다 하더라도 커다란 부상을 각오해야만 할 것 같았다.
'좋다! 한 번 부딪혀 보자!'
적여하가 어금니를 꽈득 깨물었다. 그리곤 용혈검을 향해 두 팔을 곧게 뻗어냈다.

콰콰과앙!

엄청난 폭발음이 터졌다.

파파팍—

누가 먼저랄 것도 없이 뒷걸음질을 치는 윤과 적여하였다.

그들 사이로 희끗한 흙먼지가 뽀얗게 피어올랐다.

그리고 서서히 모습이 드러나기 시작했다.

'이, 이럴 수가!'

적여하가 놀란 두 눈을 부릅뜨곤 윤을 싸늘히 노려봤다.

창백한 그의 얼굴이 더욱 하얗게 질려 있었다.

분명 방금 전의 격돌로 충격을 받은 모습이었다.

어느 정도 손해는 각오했지만, 적여하는 자신이 이 정도까지 타격을 받을 줄은 꿈에도 생각할 수 없었다.

속이 울렁이는 것도 모자라 뼛속으로 욱신거리는 통증이 밀려들었다.

반면 윤의 모습은 그와 달리 무척이나 평온했다. 아니, 오히려 윤의 기세는 더욱 맹렬히 타오르기 시작했다.

파앗!

"놀란 거요? 아직 시작에 불과하거늘······."

"노옴!"

윤이 적여하를 지그시 노려보며 조롱하듯 미소를 짓자 적여하의 두 눈에 불똥이 튀었다.

팟!

두 사내가 재차 서로를 향해 짓쳐들었다.

구오오오―

자존심에 상처를 입은 적여하의 전신으로 노도와 같은 기운이 넘실거렸다.

콰르르르―

마른하늘에 날벼락이 치듯, 두 사내의 움직임에 따라 사방의 공기가 격한 몸부림을 쳤다.

일 합, 이 합을 넘어 수십 합에 이르기까지 두 사내의 공수에는 한 치의 양보도 없었다.

그러던 어느 순간이었다.

'크윽!'

적여하가 뒤로 주춤 물러서며 인상을 팍 찡그렸다.

감당키 힘든 힘이 그의 속을 마구 뒤집어놓았던 까닭이다.

쐐애액―

윤이 비틀거리는 적여하의 가슴팍을 향해 검붉게 물든 용혈검을 찔렀다.

절체절명의 상황.

그때 최령이 사투의 현장으로 뛰어들었다.

"정신 차려라! 적령!"

최령이 위험에 처한 적여하를 향해 악에 받힌 음성을 내질렀다.

그에 정신이 번쩍 든 적여하가 신형을 바로잡고, 용혈검을 향해 일 장을 내질렀다.

콰아아앙!

윤의 용혈검과 적여하의 일 장이 부딪히자 엄청난 폭발음이 터져 나왔다.

"크윽."

적여하가 다시금 비틀비틀 뒤로 밀려나며 고통에 찬 신음성을 흘렸다.

처음 대결을 펼쳤을 때만 해도 누가 위라 감히 말할 수 없는 박빙의 승부를 펼치던 그들이었는데, 이제는 그 실력 차가 여실히 드러나고 있었다.

적여하의 뇌리로 찢어지는 듯 심각한 통증이 사정없이 밀려들었다.

'어, 어떻게 이리 강해질 수 있단 말인가!'

고통에 일그러진 적여하의 얼굴에 진한 의문이 무럭무럭 피어났다.

윤과 사투를 벌인 후 적여하의 일과는 오직 무공수련의 연속이었다. 그 결과 적여하는 그간의 노력으로 적지 않은 성취를 이룰 수 있었다.

당연히 자신감 또한 자연스럽게 생겨났고, 윤에게 복수할 날만을 손꼽아 기다려왔던 것이다.

그런데…….

'대, 대체! 어, 어떻게 이럴 수가 있단 말인가!'

막상 상황에 접하자 적여하는 아무리 깨도 깨지지 않는, 거대한 바위와 싸우는 기분이었다.

더 이상 무너진 자존심을 일으켜 세울 자신이 없었다.

그래서 더욱 분하고, 억울했다.

파드득—

적여하가 부러져라 어금니를 깨물었다.

그런 적여하의 곁으로 최령이 바짝 다가섰다.

"괜찮아?"

최령이 물었지만, 적여하는 아무런 대답도 하질 않았다.

그저 적여하는 전방의 윤을 찢어죽을 듯 노려만 보고 있었다.

"혼자서는 무리다."

최령이 타이르듯 말을 했다.

"이, 이……."

최령의 음성에 적여하가 두 주먹을 부르르 떨었다.

자존심이 무너지는 일이었지만, 최령의 말은 결코 틀리지 않았다.

"죽여!"

순간 적여하가 허공을 향해 악에 받힌 고함을 내질렀다.

그러자 그 순간 천외천의 무사들이 벌떼처럼 윤을 향해 달려들었다.

쾌애애액—

그 시각.

원치경은 다급한 마음을 애써 추스른 채 전방을 향해 전력으로 내달렸다.

그의 전신은 이미 땀으로 질퍽하게 젖어 있었다.
 하지만 그에게는 쉴 틈조차 없었다.
 자칫 커다란 한을 남길까 두려웠던 까닭이다.
 천문의 영주, 윤에 대한 안위, 원치경이 걱정하는 것은 그뿐이었다.
 윤을 지키는 것.
 그것은 바로 하늘이 그에게 준 은영삼주로서의 숙명이었다.

第九章 적여하와 맞서다 (下)

수호무사

"쿨럭!"
한 사발 남짓 검은 피가 게워졌다.
급작스럽게 창백해지는 적여하의 낯빛에 최령의 표정이 어두워졌다.
"적령, 괜찮아?"
"걱정 마! 이 정도로 쓰러지지 않아!"
적여하가 인상을 잔뜩 찡그리곤 악을 썼다.
하지만 연신 휘청거리는 적여하는 쓰러지기 일보직전이었다.
"그만 물러서라. 이젠 저놈도 오래 버티지는 못할 것이다."
"괜찮다니까!"

적여하가 다시금 악에 받친 언성을 높였다.
"고집하고는……."
최령이 어쩔 수 없다는 듯 고개를 절레절레 저었다.
까가강—
사방에서 고막을 찢을 듯 금속성이 울려 퍼졌다. 그 모습에 천령들의 두 눈이 이글이글 타올랐다.
천외천의 무사들을 향해 검붉은 용혈검을 휘두르는 윤의 실력은 상상 이상이었다.
그의 힘에 천외천 무사들이 속수무책 쓰러지고 있었다.
세 명의 천령과 천외천 무사들이 동시에 합공을 펼쳤음에도, 박빙에 가까운 승부를 벌인 윤의 강력함에 모두 기가 질릴 정도였다.
"대단해. 인정을 안 할 수가 없겠어."
진정으로 감탄하는 최령이었다.
천외천 무사들의 섬뜩한 공격을 막아냄과 동시에, 오히려 살벌한 살초를 퍼붓는 윤.
그 가공할 능력에, 최령의 고개가 절로 숙여졌다.
일대일로 사투를 벌였다면 최령은 결코 윤을 이길 자신이 없었다.
자존심은 상했지만, 윤은 자신보다 월등히 뛰어난 능력을 소지한 무인임에 분명했다.
하지만 싸움은 이미 기울어진 것이나 진배없었다.
윤이 아무리 강하다지만 그도 인간이었다.

윤의 육신이 강철로 만들어지지 않은 바에야 그의 몸뚱이 또한 수많은 병장기에 의해 찢길 수밖에 없었다.

"하아, 하아……."

시뻘건 피로 범벅이 된 윤의 입에서 거친 단내가 쉼없이 쏟아졌다.

다행히 생명에 지장을 주는 부상은 입지 않았지만, 윤의 전신은 이미 수많은 상처로 인해 걸레처럼 너덜너덜해졌다.

흘린 피의 양 또한 적지 않아 시야가 조금씩 흐려지고 있었다.

까가가강!

윤이 움직이는 장소에서는 어김없이 불꽃이 일고, 핏물이 튀었다.

"크윽!"

또 한 명의 천외천 무인의 입에서 비명이 터져 나왔다.

그의 옆구리에서 핏물이 왈칵 쏟아졌다.

일견하기에도 돌이킬 수 없는 상처로 보였다.

"정말, 놀라울 뿐이군. 하지만 시간은 네놈의 편이 아닌 우리의 편이다."

수하들이 속속 쓰러지고 있음에도, 최령의 입가에 잔인한 미소가 맺혔다.

"은영칠주의 무위가 이토록 강력할 줄은 정말 몰랐군."

또 다른 천령, 화령의 두 눈에 이채가 발했다.

그런 그의 얼굴이 무척이나 곱상했다.

그 나이 또한 고작 이십 중반을 넘었을까 할 정도였다.
"이제 슬슬 마무리를 짓는 편이 좋을 것 같은데……."
화령이 비릿한 미소를 지으며 한 걸음 내딛기 무섭게 윤을 향해 신형을 쏘아냈다.
"이제 그 끝이 보이질 않더냐? 힘들어 죽겠는데, 이제 그만 쉬는 것이 어떻겠더냐?"
"후후……."
화령의 능청스런 음성에 윤이 피식 웃음을 흘렸다.
생사를 다투는 긴장된 상황임에도, 윤의 맑은 미소엔 여유가 묻어 있었다.
"아직 할 일이 남아 있어서 말이오."
지친 기색이 역력한데, 윤의 음성만큼은 평온하기 그지없었다.
하지만 윤의 머릿속은 온통 이 난관을 어떻게 극복할 것인가에 대한 고민으로 가득했다.
수없이 많은 천외천의 무인들을 쓰러뜨렸지만, 싸움의 끝은 아직도 요원하기만 했다.
그리고 적여하를 제외한 두 명의 천령은 그 어떤 타격도 받지 않았다는 것이 윤의 마음을 더욱 무겁게 만들었다.
'분명 지쳤을 터인데, 빈틈을 보이질 않는구나!'
쉴 틈 없는 공방을 펼치는 윤을 바라보며 화령이 인상을 살짝 찡그렸다.
그러던 그가 시퍼런 검광을 흩뿌리며 윤을 향해 돌진했다.

까아앙!

득달같이 달려든 화령의 검과 용혈검이 거칠게 충돌하자 대기가 크게 요동을 쳤다.

파파파팍—

윤이 그 힘을 못 이겨 신형을 서둘러 뒤로 물렸다.

그 모습에 화령의 입가에 만족한 웃음이 걸렸다.

'그 힘이 분명 약해졌구나.'

처음 윤의 용혈검을 맞받아쳤을 때 화령이 받은 충격은 이루 말할 수가 없었다.

정말 치가 떨릴 정도도 강한 힘이었다. 하지만 지금 윤은 결코 그렇지 못했다.

파앗!

자신감이 충만해진 화령이 재차 윤을 향해 짓쳐들었다.

그러자 천외천 무사들 또한 그의 움직임에 맞춰 윤을 향해 거친 공격을 다시금 퍼붓기 시작했다.

*　　　*　　　*

화령은 이 정도의 충격이면 윤의 동작에 빈틈이 생길 것이라 생각했다.

그리고 그 빈틈으로 자신의 검을 휘두르면 이 승부가 끝이 날 것이라 확신했다.

그런데 저 무식한 괴물은 검붉은 용혈검을 든 채 여전히 자신의 건재함을 과시하고 있었다.

화령은 정말 미치고 환장할 노릇이었다.

뒤늦게 싸움에 가담한 최령 또한 답답하긴 마찬가지였다.

자신들과 천외천 무사들이 벌떼처럼 달려들었거늘, 그렇다면 싸움이 벌써 끝났어야 했다. 하지만 윤은 좀처럼 쓰러지질 않았다.

옆구리의 상처에서 피가 철철 흐르고 있음에도, 윤의 얼굴에서는 고통의 흔적조차 찾아볼 수 없었다.

오히려 그 미소가 더욱 짙어지는 것이 꼭 한 마리의 마귀를 보는 듯했다.

'이번에도 나의 공격이 안 먹힌다면!'

순간 화령의 전신에 기이한 기운이 어른거리기 시작했다.

필살의 공격을 준비하고 있음을 은연중 노출을 시키고 있었던 것이다.

그에 윤의 안색이 싸늘히 굳어졌다.

평온한 척하지만 사실 전신의 기혈이 들끓는 상황이었다. 어떻게든 이 난관을 극복하려 하나 시간이 흐를수록 그 바람은 요원해지기만 했다.

주위에 까맣게 널브러진 시신들이 헤아릴 수 없이 많았다. 그럼에도 아직도 윤을 둘러싼 천외천 무사들의 수가 이삼십을 훌쩍 넘고 있었다.

윤의 무서움을 뼈저리게 느낀 천외천 무사들은 점점 더 영악하게 싸움을 펼치고 있었다.

직접적으로 부딪히는 것이 아니라 시간을 끌며 윤의 체력을 갈아먹는 전법으로 그를 상대하고 있는 것이다.

그 까닭에 윤의 체력은 조금씩 한계에 다다르고 있었다.

'내가 너무 안일했구나. 어리석다!'

잠깐이나마 뒤늦은 후회가 밀려들었다.

하지만 윤이 이내 상념을 떨쳐내곤 용혈검을 재차 꽈득 부여잡았다.

'와라! 천문의 영주의 힘이 어떤 것인지 보여주마!'

저 많은 상대를 모두 쓰러뜨릴 자신이 없었다.

하지만 쓰러질 수는 없었다.

그렇게 된다면 모두가 쓰러지는 것임을 알기에 어떻게든 살아남아야 했다.

순간 윤의 얼굴에 피어있던 미소가 씻은 듯 싹 사라졌다.

파앗!

그때 화령의 신형이 한 점 빛이 되어 윤을 향해 쏘아졌다.

윤은 지금 자신의 상태로 화령을 제압하는 것은 어불성설이라 생각했다.

하지만 결코 불가능이라 생각하지는 않았다.

비록 육체가 고단하고 시야는 흐렸지만, 그의 몸속에는 여전히 전신을 뚫고 비상하려는 천살성의 기운이 꿈틀대고 있었기 때문이다.

"이제는 정말 끝내는 것이다!"

화령이 허공에 일갈을 내지르곤 순식간에 윤의 면전에 다가와 뿌연 연막이 피어오르는 검을 휘둘렀다.

콰르르르—

순간 화령의 검에서 가공스러운 힘이 줄기줄기 뻗어 나와 윤의 전신을 옥죄었다.

그 공력에 절로 위축이 될 법도 한데, 윤의 표정은 담담할 뿐이었다.

콰과과과—

단지 검과 검이 부딪혔는데, 갑자기 마른하늘에서 벼락이 내려치듯 엄청난 굉음이 터져 나왔다.

파파팍—

엄청난 격돌에 화령이 자신도 모르게 뒷걸음질을 쳤다.

그만큼 용혈검에 담긴 위력이 대단했기 때문이다.

쾌애애액—

"헛!"

뒤로 밀리던 화령의 입에서 절로 헛바람이 튀어나왔다.

자신처럼 뒷걸음질을 치던 윤이 찰나지간 대지를 박차고, 그의 지척까지 다가와 무시무시한 빛을 발하는 용혈검을 휘둘렀던 까닭이다.

화령은 이 상황을 도무지 믿을 수가 없었다.

분명 모든 무게중심이 뒤로 이동했는데, 어찌 그 중심을 무시하고 정반대로 신형을 움직일 수 있단 말인가.

하지만 무진강을 천하제일검의 자리에 올려놓은 무상류라면 가능했다.

그리고 그 무상류의 묘용이 드디어 윤의 손끝에서 펼쳐지기 시작했던 것이다.
쐐애애액—
천살성의 기운이 실린 무상류, 천참팔식(天斬八式)의 마지막 변(變)이 시뻘건 혈무를 피워내며 번개와 같은 속도로 화령의 미간을 향해 폭사됐다.
'거, 검탄!'
순간 화령의 안색이 시커멓게 죽어버렸다.
설마하니 검탄이라니. 윤이 검탄을 사용할 정도의 고수였다니!
더군다나 그 탄기가 하나, 둘이 아니었다.
수십 개의 탄기가 유형의 형상으로 화해 화령의 전신을 향해 무섭게 폭사되고 있었던 것이다.
'피, 피할 수가 없다!'
퍼퍼퍼퍼퍽!
맨살이 펑펑 뚫리는 섬뜩한 음향이 사방으로 쏟아져 나왔다.
그 순간 모든 이의 입이 절로 쩍 벌어졌다.
푸스스스—
뽀얀 흙먼지가 허공에 흩날렸다.
그리고 소란의 근원지였던 윤과 화령의 모습이 서서히 드러나기 시작했다.
"……."

시공이 정지된 양 무거운 정적이 흘렀다.
그리고……
주르르륵—
엄청난 양의 핏물이 화령의 입을 통해 쏟아져 내렸다.
그런 그의 전신이 무참하게 찢겨 걸레처럼 너덜너덜하게 변해 있었다.
"화, 화령!"
순간 최령의 입에서 다급한 괴성이 터져 나왔다.
하지만 이내 힘없이 쓰러지는 화령은 그의 음성을 결코 들을 수가 없었다.
파앗!
"정신 차려라, 화령!"
어느새 화령의 곁으로 다가온 최령이 그를 부여안고 소리를 질러댔다. 하지만 화령의 육체는 싸늘히 식어가고 있었다.
"노옴!"
최령이 신형을 느릿하게 일으켜 진득한 살기를 피워내며 죽일 듯 윤을 노려봤다.
구오오오—
최령의 전신으로 극성의 역천공의 기운이 줄기줄기 뻗쳐 흘렀다.
"내 네놈의 심장을 갈기갈기 찢어주마!"
최령이 어금니를 부득부득 갈며 윤을 향해 느릿느릿 걸음을 옮겼다.

그런 그를 바라보는 윤의 얼굴이 창백하게 질려 있었다.

정상도 아닌 몸으로 천살성의 기운을 무리하게 끌어올려 검탄을 발사했던 까닭이다.

곧 쓰러질 듯 그 모습이 위태해 보였으나 윤의 눈빛만큼은 더욱 냉혹해지고 있었다.

"피하지 않겠다. 와라."

윤이 나지막한 음성을 내리깔았다.

그 음성에 사방의 공기가 무겁게 내려앉았다.

* * *

저 멀리 들려오는 병장기 소리에 원치경의 표정이 일순 밝아졌다 이내 어두워졌다.

괜한 걱정으로 윤을 못 믿은 건 아닌지, 아니면 너무 늦은 것은 아닌지, 그의 마음이 갈피를 못 잡았던 까닭이다.

파팟!

원치경의 발길이 더욱 바빠졌다.

그리고 그렇게 촌각을 다투며 달려온 그곳에 비틀거리는 윤의 모습이 나타났다.

"……"

그 기운만으로, 그 희미한 인영만으로도 확연히 느껴지는 윤의 모습이었다.

그의 모습이 위태롭게 흔들리고 있었다.

그리고 윤의 주위로 엄청난 수의 천외천 무사들이 시뻘건 피를 토한 채 쓰러져 있었다.
어림잡아도 그 수가 오십여 명은 되어보였다.
'진기의 흐름이 끊어지고 있다! 영주께서 위험하시다!'
단 한 번에 윤의 상태를 확인한 원치경의 전신으로 붉은 기운이 솟구치기 시작했다.
그런 그의 우수에는 어느새 뽑아들었는지, 검붉은 기운이 넘실거리는 검이 쥐어져 있었다.
그 무형의 기운만으로도 숨이 턱 막힐 정도의 막강한 힘이 느껴졌다.
원치경이 아닌 듯했다.
이전에 보여주던 모습과 사뭇 다른 그 이질적인 기운이 그의 전신을 휘감고 있었던 것이다.
파앗!

최령은 승리감에 도취되어 지금껏 맛보지 못한 황홀감에 젖어 있었다.
비록 화령을 잃고, 많은 수하들이 죽음을 면치 못했지만, 자신의 두 손에 저 괴물이 곧 죽어 나자빠질 것이라 생각하니 앙천광소가 절로 터져 나올 것만 같았다.
윤은 천령인 화령을 비롯하여 천외천의 정예 오십여 명을 한줌 고혼으로 만든 존재였다.
그도 모자라 적령을 운신조차 못하는 살아 있는 시체로 만든 장본이었다.
 고금천지에 이만한 괴물이 과연 몇이나 될까.
 하지만 그 존재가 곧 자신의 검에 죽을 처지에 놓여있었다.
 최령 자신 또한 적지 않은 부상을 당해 힘에 겨웠지만, 한쪽 무릎을 대지 위에 꺾은 윤에 비하면 정상의 몸이라 해도 과언이 아니었다.
 이런데 어찌 최령이 황홀감에 젖지 않을 수가 있다는 말인가.
 그런데 그러던 어느 순간이었다.
 등 뒤로 빠르게 다가오는 이질적인 섬뜩한 기운에 최령이 낯빛이 딱딱하게 굳어졌다.
 삽시간에 대기를 휘어 감아버릴 만한 무시무시한 공포가 느껴졌다.
 그에 최령의 가슴이 절로 서늘하게 식어버렸다.
 "……."
 고개를 돌릴 용기가 나질 않았다.
 괜히 고개를 돌려 그 두려움을 몰고 온 정체를 확인한다면 그 순간 목이 떨어질 것만 같았다.
 정상의 몸이 아니었기에 최령의 가슴은 더욱 쪼그라들 수밖에 없었다.
 그때 윤의 힘겹게 입술을 달싹였다.
 "그대는?"
 검을 지탱하며 간신히 신형을 일으킨 윤의 표정에 애매모호

한 표정이 걸렸다.

'영주……'

전신을 부들부들 떠는 윤의 모습에, 원치경은 눈물이 왈칵 솟구칠 것만 같았다.

"네놈은 누구더냐?"

최령이 신형을 돌려 원치경을 노려봤다.

그런 그가 수하들을 향해 눈짓을 하자, 남은 십여 명의 천외천 무사들이 신속하게 원치경을 에워싸다.

"마령인가?"

원치경의 입에서 일대종사의 위엄이 넘실거리는 음성이 새어나왔다.

"천문의 개로구나."

원치경의 마령이란 소리에, 최령이 허연 이를 드러내며 으르렁거렸다.

'은영이었단 말인가!'

전혀 생각지도 못했거늘, 흑풍살혼을 이끄는 흑풍대주가 천문의 은영이라니.

순간 윤의 눈가에 이채가 번뜩였다.

그런 윤을 향해 원치경이 오른 상박을 가슴께로 올리곤 한쪽 무릎을 땅 위에 깊숙이 꿇으며 허리를 숙였다.

자신을 향한 진득한 살기에 아랑곳 않는 원치경의 대담한 행동이 오히려 최령의 가슴을 더욱 무겁게 짓눌렀다.

그만큼 자신이 있다는 이야기리라.

'저자 또한 은영칠주란 말인가!'

최령의 표정에 절망감이 깃들었다.

만약 자신의 예상이 맞아떨어진다면, 도주조차 무의미해지에 결코 이곳에서 살아나갈 수가 없었기 때문이다.

"은영삼주 원치경이 천문의 영주를 뵙습니다."

원치경이 낮지만 절도있게, 마침내 자신의 존재를 윤에게 알렸다.

그 모습에 윤의 입가에 실낱같은 미소가 걸렸다.

"부족한 영주 때문에 고생이 많으십니다. 은영삼주……"

"영주의 안위를 위험에 처하게 만든 속하의 불충을 용서하십시오."

"별 말씀을……"

"이곳의 마무리는 이 속하가 짓도록 하겠습니다."

"고맙습니다."

윤이 짧은 음성을 내뱉으며 원치경을 향해 가볍게 고개를 숙여보였다.

그에 원치경이 신형을 느릿하게 일으키곤 주위를 싸늘히 쓸어봤다.

"……"

원치경의 매서운 눈빛이 닿는 곳곳마다 어김없이 공기가 싸늘하게 식어버렸다.

그러던 어느 순간 원치경의 시선이 최령을 향했다.

그의 눈빛이 고요하게 가라앉아 있었다.

"한 배에서 태어났음에도, 같은 하늘을 이고 살 수 없는 이 현실이 안타깝구나. 고통은 없을 것이다."

무심한 음성 속에 무궁한 위엄이 넘실거렸다.

그 기세만으로도 가히 하늘을 쪼개버릴 것만 같았다.

"흥! 개소리! 네놈의 눈깔엔 천령이 내가 그리도 만만하게 보이느냐?"

두려움을 쫓아내려는 듯, 최령이 발악에 가까운 고함을 질러댔다.

"만만하다?"

저벅—

최령을 향해 다가서는 원치경의 전신에서 붉은 기운이 폭사되며 사방의 공기를 붉게 물들였다.

'흐음······.'

그 기운에 최령의 숨이 턱 막혀버렸다.

숨을 쉬는 것이 이토록 힘에 겨운 것인지 오늘에서야 처음 깨달은 최령이었다.

"내 어찌 그대를 만만하게 볼 수 있단 말인가. 그가 누가되었든 언제나 최선을 다할 뿐이다."

그 음성이 채 공기 중으로 사라지기도 전에, 원치경의 신형이 시뻘건 빛무리가 되어 최령을 향해 쏘아졌다.

쾌애액—

천문의 비전내력을 극성으로 끌어올린 원치경의 몸놀림은 광속이라 해도 과언이 아닐 정도였다.

그리고.

쩌어어엉―

그 정체를 확인할 수 없는 엄청난 거력이 그대로 최령의 정수리를 내려쩍었다.

순간 위험을 감지한 최령이 빠르게 신형을 좌로 틀었다.

하지만.

서걱―

"크윽!"

섬뜩한 소음이 허공에 울려 퍼짐과 동시에 최령의 우측 팔이 그대로 잘려져 땅 위를 나뒹굴었다.

촤아아―

솟구치는 핏물을 막을 엄두도 내질 못하는 최령의 표정에 진한 공포가 몰려들었다.

"스스로 고통을 자초하려 하는가."

원치경이 무심한 음성을 내뱉으며 최령을 향해 조금씩 다가섰다.

그러자 최령이 자신도 모르게 뒷걸음질쳤다.

최령은 반항할 엄두가 나질 않았다.

차원이 다른 고수였다.

그 기운만으로도 사람의 넋을 빼앗아버릴 정도로 막강한 기세를 뿜어내는 상대였다.

최령에게 이러한 공포를 심어준 자가 이 강호에 과연 몇이나 존재할까.

윤도 그렇지만, 은영삼주 원치경의 가공할 무위에 최령의 심장이 커다랗게 요동을 쳤다.
 '은영칠주의 무위가 이토록 무서웠단 말인가!'
 전대의 천령들과 그 어깨를 견줄 만한 자들이라고 최령은 순간 생각했다.
 천문의 은영칠주는 천외천의 전대 천령들과 그 위아래를 논하기가 힘든 괴물들이었다.
 진정 가공스러울 정도였다.
 다른 표현을 찾고 싶어도, 최령은 도무지 찾을 수가 없었다.
 저벅—
 원치경과 거리가 좁혀질수록 최령의 온몸은 벼락을 맞은 듯 부들부들 떨렸다.
 오른팔이 매끈하게 잘렸음에도 아무런 고통도 느낄 수가 없었다.
 그의 머릿속에 떠오른 감정은 오직 두려움뿐이었다.
 죽음에 대한 두려움이 아니었다.
 우습게도 자신을 향해 한 걸음, 한 걸음 다가오는 상대에 대한 두려움뿐이었다.
 그렇게 원치경과 최령의 거리가 좁혀졌다.
 "뭐, 뭣들 하느냐? 어서 이놈을 죽여라!"
 순간 최령이 눈 깜짝할 새 벌어진 놀라운 광경에 넋을 잃은 천외천 무사들을 향해 일갈을 터뜨렸다.
 그 음성에 정신을 차린 천외천 무사들이 동시다발적으로 원치경을 향해 달려들었다.
 차라랑!
 스으읏—
 원치경이 절묘한 보법을 밟으며 자신을 향해 짓쳐드는 병장기들을 피해냈다.
 그렇게 잠깐의 시간이 흐른 후, 마침내 원치경의 검이 허공을 갈랐다.
 쐐애애액—
 "커억!"
 천외천 무사 한 명이 자신의 심장에서 뿜어져 나오는 핏물을 멍하니 바라보다 그래도 땅 위에 꼬꾸라졌다.
 그것을 시발점으로 원치경이 한 점 망설임도 없이 사방을 거칠게 쓸어갔다.
 일검일살(一劍一殺).
 천외천 무사들이 제대로 된 공격 한 번 펼쳐보지 못하고 늦가을 낙엽이 떨어지듯 우수수 쓰러졌다.
 그렇게 채 열 호흡도 지나지 않아, 거짓말처럼 장내가 깨끗이 정리가 되었다.
 그 모습에 최령의 머릿속은 텅 비어버렸다.
 하지만 최령에게 기회가 없는 것은 아니었다.
 지금 이 순간 원치경의 등은 최령에게 훤히 드러난 상태였기 때문이다.
 순간 온통 하얗던 최령의 머릿속으로 한줄기 빛이 스며들었다.

 상대가 등을 보였다는 것은 빈틈이 생겼다는 의미.

 이대로 신형을 쏘아내어 상대의 등을 가격한다면 승산이 있을 것도 같았다.

 하지만 워낙에 공포에 질렸던 터라 최령은 쉽사리 신형을 띄울 수가 없었다.

 시간이 지날수록 그 기회는 점점 더 멀어지건만.

 '어차피……'

 살 방법은 그 어디에도 없었다.

 원치경이 절대 자신을 살려둘 상대가 아님을 최령은 그 느낌만으로도 확신할 수 있었다.

 그럴 바에는 차라리 이 기회를 노리는 것도 나쁘지 않을 것이라 최령은 생각했다.

 그리고 고민을 떨쳐내기 무섭게 최령이 빛처럼 빠르게 원치경을 향해 좌수를 뻗어냈다.

 파아앙!

 "커어억……."

 최령의 좌수가 한 치만 더 뻗쳐졌다면 원치경의 목숨이 위험한 상황이었다.

 그런데 놀랍게도 언제 돌아섰는지, 최령의 목젖이 그만 원치경의 좌수에 잡혀버렸다.

 "끄으으……."

 최령의 두 눈에 굵직한 핏대가 금방이라도 터질 듯 부풀어올랐다.
 그런 그의 두 눈을 싸늘히 직시하며 원치경이 입술을 달싹였다.
 "고통을 자초하지 말라 했거늘."
 나지막한 원치경의 음성에 최령의 모골이 송연해졌다.
 그런 최령의 등으로 식은땀이 주르륵 흘러내렸다.
 "……."
 또다시 최령의 온 머릿속이 새하얗게 탈색되어버렸다.
 어리석은 착각이었고, 말도 안 되는 시도였다.
 이런 상대를 향해 무슨 승산을 바랐단 말인가.
 그 순간 원치경의 음성이 다시금 최령의 귓속을 파고들었다.
 "천문의 영주를 대신하여 명하노니, 속죄하라."
 원치경의 입에서 위엄 가득한 음성이 토해졌고, 최령의 두 눈에는 체념의 빛이 어렸다.
 그리고 그 눈빛을 무심히 바라보던 원치경이 조금씩 좌수에 힘을 가했다.

 그 시각.
 천외천주 노자군의 거처로 희끗한 장년인 두 명이 바쁜 걸음으로 들어섰다.
 그런 그들의 전신에서는 일대종사의 위엄이 넘실거렸다.
 그 분위기만으로도 그들의 성취와 위치를 여실히 느낄 수 있을 정도였다.
"어서들 오십시오. 그런데 무슨 일이라도 생긴 것이오? 어찌 이천과 육천께서 함께 오셨단 말이오."
고급스런 호피가 깔린 의자에 살짝 기대어 앉은 천외천주가 전대 천령들을 반겼다.
"천주, 적령과 최령, 그리고 화령이 천외천을 무단이탈했다는 보고를 접했습니다."
전대 천령 이천이 공손한 어투로 노자군에게 조심스럽게 입을 열었다.
"무단이탈이라니? 대체 그것이 무슨 말이오?"
노자군의 표정이 일순 굳어졌다.
"그들이 휘하의 천외천 무사들을 이끌고 어디론가 사라졌다 합니다. 정확한 경위는 지금 파악 중에 있사옵고, 그들이 사라진 추정 시각은 금일 새벽이란 보고입니다."
"천령들이 아무런 보고 없이 사라질 연유가 없질 않소?"
노자군이 대체 무슨 말이냐는 듯 물었지만, 마땅히 대꾸할 말이 없는 이천은 침묵만 고집할 뿐이었다.
그런 그를 대신해 육천이 입을 열었다.
"현재 밀영대가 인근을 샅샅이 뒤지고 있으니, 곧 그들의 위치를 파악하여 그 연유를 밝히겠습니다."
"이런 중대한 시기에, 그따위 철없는 행동이라니! 대체 천외천의 기강이 언제부터 이리도 흐렸단 말이오?"
방금 전까지만 해도 훈풍이 돌던 노자군의 표정에 서릿발 같은 노기가 들끓었다.

그에 이천과 육천의 고개가 절로 숙여졌다.

"속하들의 모자람을 벌하여 주십시오."

"벌하여 주십시오."

대역죄라도 지었다는 양, 이천과 육천이 노자군을 향해 연신 고개를 조아렸다.

그런 그들의 모습에 오히려 노자군의 노기는 더욱 치솟을 뿐이었다.

그러던 어느 순간 전대 천령들을 향해 노자군이 격노한 음성을 내뱉었다.

"금일 내로 그들의 위치를 파악하여 보고를 올리시오! 그 후 내 직접 그들의 경솔함을 꾸짖을 것이오! 알았소이까!"

"천주의 명을 받들겠습니다."

* * *

윤의 안색은 이미 죽어 있었다.

순간 원치경이 아무런 망설임 없이 자신의 품속을 뒤져 한 알이 환단을 꺼내 들었다.

손가락 반 마디 정도의 크기였다.

붉은 기운이 감도는 것이 범상치 않은 물건임이 확실했다.

"……"

원치경이 그 환단을 조심스럽게 윤의 입속으로 넣어주었다.

그리고 윤의 신형을 편안한 자세로 눕힌 후 약기운이 잘 퍼지도록 전신혈도를 골고루 주물러주었다.
그렇게 얼마의 시간이 흐르자 놀랍게도 시커멓게 죽어 있던 윤의 얼굴에 생기가 돌기 시작했다.
쿨럭!
윤의 입에서 시커먼 핏물이 게워졌다.
그 순간 원치경이 윤의 기도가 막히지 않게 그의 신형을 조심스럽게 일으켜 세워주었다.
"못난 저를 살려주셨군요. 고맙습니다. 후후……."
의식이 돌아오자마자 윤이 희미한 미소를 지어보이며 원치경에게 감사의 마음을 전했다.
"불충한 속하에게 감사라니요. 당치 않습니다. 영주."
윤을 감쪽같이 속인 원치경이 그를 향해 고개를 깊이 숙이며 입을 열었다.
"불충이라니. 그 말씀이 오히려 당치 않습니다."
"영주……."
원치경이 몸 둘 바를 모르겠다는 듯 짧은 음성을 토해냈다.
그러던 그가 이내 입을 열었다.
"천단의 효험이 가시기 전에 운기를 취하셔야만 빠른 회복을 이끌 수 있을 것입니다. 영주, 운기를 취하실 수 있겠습니까?"
"물론입니다."
"그렇다면 제가 도울 터이니, 지금 즉시 천단의 기운을 따라

운기를 시작하십시오. 영주."

원치경이 숙련된 솜씨로 윤의 정좌를 돕고는 그 또한 윤의 등 뒤에 정좌를 하고 앉았다.

"하단전을 열어 전신에 퍼져 있는 천살성의 기운을 봉하시고, 하단전에서 빠져나오는 천문의 내력을 서서히 북돋아 상단전으로 모아주십시오."

원치경이 양손을 윤의 등 뒤에 가만히 대고 부드러운 음성으로 말을 했다.

그런 그의 말에 따라 윤이 온몸에 퍼져 있는 천살성의 기운을 조금씩 모아 하단전에다 봉하기 시작했다.

그러자 하단전에 뭉쳐 있던 천문의 내력이 조금씩 밀려나와 상단전에 모여들었다.

이전이라면 어림도 없던 일이건만, 이제는 말 잘 듣는 순한 양처럼 천살성의 기운이 윤의 의지에 따라 자연스럽게 움직이고 있었다.

"천단은 천문의 비전으로 연단된 또 다른 형태의 천문의 내력이라 할 수 있습니다. 영주께서 타고나신 천살성의 기운이 아직 천문의 내력과 완전히 융합되지 않아 그 본연의 힘을 발휘할 수 없었던 것입니다."

등 뒤에서 들려오는 원치경이 음성에 윤의 마음이 꽤히 편해졌다.

"천단의 효험이라면 충분히 천살성의 기운과 천문의 내력의 다리 역할을 할 수 있을 것이니, 천문의 내력이 상단전에 모두 모였다 생각되시면, 천단의 기운을 서서히 중단전으로 끌어오도록 하십시오."

"후우······."

윤의 입에서 시큼한 단내가 확 풍겨졌다.

그런 그의 귓가로 원치경의 음성이 다시금 맴돌았다.

"천단의 기운과 천문의 내력은 그 성질이 비슷하여 구분키가 어렵습니다. 하나 그 기운이 낯설다 생각되시면 그는 분명 천단의 기운일 것이니, 마음 놓으시고 그 기운을 중단으로 끌어 모아주십시오."

우우우웅—

운기행공(運氣行功)에 돌입한 윤은 이미 무아의 상태에 빠져 있었다. 그런데 이상하게도 원치경의 음성만큼은 그의 귓가에 똑똑히 전해졌다.

윤은 그 음성에 맞춰 기맥의 통로를 열었고, 서로 다른 세 기운의 충돌을 호흡의 강약을 통해 조절하고 있었다.

그렇게 한참의 시간이 흘렀다.

"······."

엄청난 긴장감으로 원치경의 전신은 이미 흠뻑 젖어 있었다. 말은 편히 했지만 사실 원치경의 마음까지 편한 것은 아니었다.

한 순간 실수라도 하는 날이면, 윤이 주화입마에 빠질 수도 있는 긴박한 순간이었던 까닭이다.

"이제부터 중요한 절차를 진행시킬 것이니, 속하의 기운과 음성에 따라 영주의 몸을 맡기십시오."

원치경이 윤의 등 뒤에 대고 있던 손을 살짝 비틀며 입을 열었다.

"지금쯤 세 기운이 각각의 단전을 차지하고 있을 것입니다. 지금부터 각 단전을 막고 있는 통로들을 열어, 기운들을 교류를 시킬 것이니, 가급적 충돌을 피하도록 하십시오."

"……."

"충돌이 심할수록 이질감이 생겨 기운들이 가진 힘이 약해질 것이니, 정신을 집중하셔야 할 것입니다."

우우우웅—

순간 원치경의 두 손에서 기이한 빛무리가 생겨났다.

"지금입니다."

원치경이 긴장된 낯빛으로 짤막한 음성을 토해냈다.

그러자 그 순간 윤의 전신이 벼락을 맞은 듯 부들부들 떨기 시작했다.

얼마의 시간이 흘렀을까.

푸스스스—

정좌를 한 윤의 전신에서 매캐한 냄새를 머금은 희뿌연 수증기가 피어났다.

그 모습을 원치경이 진지한 낯빛으로 바라봤다.

일견하기에도 윤의 상태가 심상치 않아 보였지만, 원치경의 얼굴에서 걱정의 감정은 찾을 길이 없었다.

오히려 원치경의 표정은 잔뜩 상기되어 있었다.
"……."
천살성의 기운, 그리고 천문의 내력과 천단의 효험.
원치경은 지금 이 순간 윤의 전신을 도도히 맴도는 그 기운들을 도저히 구별을 할 수가 없었다.
'드디어!'
원치경의 눈시울이 붉게 물들었다.
그런 그의 가슴으로 벅찬 감정이 밀려들기 시작했다.

第十章 염부심, 사망합회를 쓰러뜨리다

수호무사

강호가 술렁였다.
 이유인즉 저자에 공공연히 떠돌던 백도련이 삼합회에게 보복을 가할 것이란 소문이 정말로 현실로 나타났던 까닭이다.
 중원 어디를 가더라도 칼을 찬 무인들의 표정은 잔뜩 경직되어 있었다.
 비단 그들이 백도련, 삼합회와 직접적인 연관이 없더라도 행여 자신들에게 불똥이라도 튈까, 모두가 몸을 사리고 있었던 것이다.
 "난리가 아니라더군."
 주루 한편에 자리를 잡은 천재영이 행여 누가 들을까봐, 소곤거렸다.

"삼합회가 아주 박살이 나고 있다 하던데……. 아무리 백도련이 강하다지만, 그리 쉽게 무너질 삼합회가 아닐 텐데. 정말 믿겨지지가 않아."

턱수염이 덥수룩한 용우광이 이마를 벅벅 긁으며 미간을 찡그렸다.

"그러게 말이야. 이거 완전 예상을 깬 결과가 나온 것이란 말이지."

연신 술을 홀짝이던 이수곤이 중얼거렸다.

"자네들 그거 아나?"

천재영이 두 눈을 번들거리며 용우광과 이수곤을 번갈아 쳐다봤다.

그런 그에게 용우광이 물었다.

"뭘?"

"지금 백도련의 무사들을 이끌고 있는 사람이 누구인지?"

"누구긴 누구야. 철혈무가 중전호위대장 심도학이지."

이수곤이 어이없다는 표정으로 대꾸했다.

그런 그에게 천재영이 그럼 그렇지 하는 표정으로 곧바로 입을 열었다.

"나도 얼마 전까지는 그렇게 알고 있었지. 그런데 그게 아니더란 말이지."

"그럼, 누구란 말인가?"

용우광이 사뭇 궁금한 듯 물었다.

그런 그에게 천재영이 득의양양한 미소를 지으며 짧게 입을 열었다.
"염부심."
"뭐? 염부심?"
"그래. 염부심."
이수곤이 황당한 표정으로 되묻자, 천재영이 고개를 크게 끄덕였다.
"이 사람이 돌았나. 그 병약한 염부심이 무슨 재간으로 백도련의 무사들을 이끌 수 있단 말인가."
용우광도 어처구니가 없었던지, 혀를 끌끌 찼다.
"저, 정말이라니까."
"자네 술이 좀 과한 것 아닌가? 정신 차리게. 아직 해가 중천에 떠있어. 이 사람아."
"허허! 왜 내 말을 못 믿는 건가."
천재영이 자신의 가슴을 탕탕 치며 답답한 표정을 지었다.
"믿을 소릴 해야 믿지. 이 친구야."
용우광이 할 말이 없는지, 고개를 절레절레 저었다.
그런 그에게 천재영이 표정을 고쳐 잡곤 재차 입을 열었다.
"삼합회의 제녕, 추성, 곡부지부를 차례로 박살을 낸 사람이 바로 염부심이라니까. 그들이 힘 한 번 제대로 써보지도 못하고 쓰러질 정도로 염부심의 무위가 엄청나다고, 저자에 소문이 쫙 퍼진 상태래도. 이 답답한 사람들아."
"뜬소문이겠지."
"아암, 당연히 뜬소문이어야지."

이수곤과 용우광이 동시에 입에 열었다.
"관두자. 관둬. 이 답답한 인간들과 말을 섞는 내가 바보지. 내가 바보야……."
천재영이 설득하기를 포기했는지, 술을 벌컥벌컥 마셔댔다.
그때 한 무인이 그들의 자리로 다가와 앉으며 입을 열었다.
"천형 말이 맞습니다. 제녕, 추성, 곡부지부를 차례로 박살을 낸 인물이 바로 염부심이라더군요."
"문형은 알고 있구려."
문영남의 등장에, 천재영이 화색을 밝히며 그를 반겼다.
"문형, 그 말이 정말이오?"
용우광이 이제야 놀랍다는 듯 물었다.
그러자 천재영의 눈썹이 바짝 추켜올라갔다.
"이런 제길! 내가 말할 때는 눈곱만치도 믿지 않더니만, 문형이 이야기를 하니까, 바로 믿는 표정이네. 저 망할 놈이."
"자네가 하도 실없는 말을 꺼내니 그런 것이 아닌가. 그나저나 그게 정말 사실이라면, 이거 뭐가 이야기가 이상해지는 것이 아닌가. 타고난 고질병으로 오늘내일한다던 염부심이 어떻게 그럴 수가 있는 것이지?"
"의문스러운 것은 그뿐이 아닙니다."
문영남이 입을 열자 세 명의 사내가 동시에 그를 쳐다봤다.
"염부심과 같이 다니는 세 명의 젊은 무사가 있는데, 그들 개개인의 무위가 가히 무림구성(武林九星)에 비견될 만하다 그러더군요."

"무, 무림구성이라니요?"

이수곤이 놀라 자신도 모르게 말을 더듬었다.

어찌 보면 이수곤의 놀람은 당연한 것이었다.

무림구성이라면 천하팔검과 그 어깨를 견줄 수 있는 자들이거늘.

"대체 그들이 누구이기에……."

"백도련에 그런 훌륭한 후기지수가 있었단 말이오? 완전히 금시초문인데……."

어안이 벙벙한 표정으로 이수곤과 용우광이 중얼거렸다.

그런 그들에게 문영남이 나지막한 음성으로 저자에 떠도는 소문을 하나하나 풀어주기 시작했다.

* * *

그 위세가 하늘을 찌를 것만 같던 삼합회 용관지부.

용관지부의 무인들은 자신의 무복 좌측에 새겨진 삼이라는 글귀에 무한한 자부심을 느껴왔었다.

용관 지역 어디를 가든 그 삼이라는 글귀에 모두가 고개를 숙였으니, 세상이 온통 자신들 것처럼 느낀 것도 어찌 보면 당연한 일이었다.

하지만 오늘.

전시에 해당되는 행동지침을 내려 받은 삼합회 용관지부의 무인들이 잔뜩 상기된 표정으로 각자 맡은 위치에서 병장기를 꼬나 쥐고 있었다.
 그런 그들의 표정이 하나같이 잔뜩 긴장된 모습이었다.
 "제, 제길! 왜 하필 용관지부란 말인가."
 시퍼런 거도를 부여잡은 채 전방을 노려보는 한무동의 입에서 절로 욕설이 터져 나왔다.
 "쫄았냐?"
 "쫄긴! 썅! 그냥 귀찮아서 그렇지."
 말은 귀찮다 했지만, 무인의 손끝은 미세하게 떨리고 있었다.
 "염부심, 그 새끼 목을 따면 평생을 놀고먹어도 남을 만큼의 금자를 얻을 수 있으니 이 또한 기회가 아니겠냐?"
 한무동과 같은 지역에서 번을 서는 동고경이 탐욕스런 눈빛을 빛내며 침을 꿀꺽 삼켰다.
 "다 뒈질 판에, 금자가 뭔 소용이 있단 말이냐? 이 멍청한 새끼야."
 한무동이 씩씩거렸다.
 "방금 전에는 귀찮다고 하더니 쫀 거 맞네. 뒈질 생각부터 하는 것을 보니……."
 동고경이 건들거리며 이죽거렸다.
 그에 약이 바짝 오른 한무동이 허연 이를 드러냈다.
 "그래, 쫄았다. 새꺄! 어쩔래? 그래도 도박에 미친 네놈보다야 내가 훨씬 낫지. 이놈아."

"끌끌끌!"

욱하는 한무동을 힐끗거리며 동고경이 히죽히죽 웃음을 지어 보였다.

그런데 그때.

퍼억!

멀쩡히 서서 히죽거리던 동고경의 머리가 순간 수박이 깨지듯 퍽 터지며 피분수가 사방으로 비산했다.

그에 화들짝 놀란 한무동이 거도를 휘두르려던 찰나, 그의 목이 기이한 형태로 끔찍하게 꺾여버렸다.

우드득—

뼈가 어긋나는 섬뜩한 소음이 어스름이 내린 저녁 공기 중으로 울려 퍼졌다.

"후후, 평생을 놀고먹어도 남을 금자라. 본인의 생각은 어떠신지? 그 정도면 만족하겠나?"

역천을 완벽하게 이겨낸 구자정이 미소를 머금곤 염부심을 바라보며 물었다.

"궁금한가?"

염부심이 무덤덤한 표정으로 되물었다.

"궁금하니 물은 것 아닌가?"

"만족해야 하나."

염부심이 독백하듯 중얼거렸다.

"그야 자네가 알 일이 아닌가?"

"후훗!"

염부심, 삼합회를 쓰러뜨리다

염부심이 피식 미소를 흘렸다.
하지만 그 미소는 순식간에 사라지고, 그의 얼굴에 냉기가 철철 흘러넘쳤다.
"천하를 얻을 수 있을 정도의 금자라면 내 한 번 생각을 해 보지. 궁금증이 좀 풀렸나?"
"후후후······."
염부심의 물음에 구자정이 의미심장한 웃음을 지어보였다.
그런 그에게 염부심이 짧게 입을 열었다.
"대답이 되었다면 그만 가지."

철퍽—
담벼락에 부딪힌 무인의 입에서 걸쭉한 핏물이 주르륵 흘러내렸다.
그런 그가 자신을 향해 웃음을 지으며 다가오는 구자정을 두려운 눈빛으로 바라봤다.
"사, 살려주시오."
무인이 애원하듯 말을 했다.
"살려주면? 넌 내게 뭘 줄 건데?"
어느새 무인의 면전까지 다가온 구자정이 그의 턱을 톡톡 건드리며 물었다.
"무, 무엇이든, 원하는 것이라면 무엇이든 다 드리겠소."
무인이 전신을 바들바들 떨며 입을 열었다.
그런 그에게 구자정이 몇 마디를 툭 던졌다.

"천하를 얻을 수 있을 정도의 금자가 꼭 필요한데. 줄 수 있겠나?"

"그, 그건……."

구자정의 말도 안 되는 제안에, 무인이 할 말을 잃곤 말끝을 흐렸다.

"주지도 못할 거면서 왜 살려달라고 애원을 하는 거야. 사람 귀찮게끔."

쉬이잇—

말이 떨어지기 무섭게 구자정의 주먹이 무인의 왼쪽 얼굴을 가격했다.

퍼억!

둔탁한 소음이 퍼짐과 동시에 피분수가 사방에 튀었다.

그리고 구자정의 주먹이 무인의 얼굴을 깨부수고 그대로 담벼락을 강타했다.

콰앙!

돌담으로 세워진 담벼락이 순간 커다란 몸부림을 쳤다.

도륙이 따로 없었다.

구자정이 가는 곳곳마다 피보라가 일었고, 어김없이 무인들의 머리가 터져나갔다.

전신에 피칠을 한 구자정은 마치 한 마리의 악귀를 보듯 그 모습이 끔찍하기 그지없었다.

한편 염부심은 그와 달리 그의 의복에 핏방울 하나 묻히지 않았다.

일점일사(一点一死).

그 솜씨가 실로 놀라울 뿐이었다.

염부심과 대적한 무인들의 미간에는 염부심이 휘두른 검 끝에 한결같이 까만 점이 생겨났다.

그리고 검은 점이 생기기 무섭게 그들은 속절없이 무너져 내리기 바빴다.

"역시 시시하군."

염부심이 유람하듯 삼합회 용관지부의 널따란 대전을 거닐며 중얼거렸다.

그런 그의 주변에는 수많은 용관지부 무인들의 시신이 널브러져 있었다.

싸움이 벌어진 지 채 반 각도 지나지 않아 일어난 끔찍한 참상이었다.

"수뇌들은 코빼기도 보이질 않고, 힘없는 수하들만 부질없이 죽어가는구나. 쯧쯧!"

염부심이 주위에 나뒹구는 주검들을 바라보며 안타까운 듯 혀를 찼다. 그런 그의 시선 속으로 일단의 무리가 잡혔다.

대전 저편에서 몰려오는 무리들의 기세가 제법 날카로운 것이 드디어 용관지부 수뇌들이 모습을 드러낸 것 같았다.

챙!

순식간에 거리를 좁혀온 용관지부의 수뇌들과 내전의 정예들이 염부심을 빼곡하게 에워쌓은 채 병장기를 뽑아들었다.

그 모습을 염부심이 뒷짐을 진 채 느긋한 시선으로 바라봤다.
 "용관지부장이 누구입니까?"
 염부심이 주위를 둘러보며 대상없는 질문을 던졌다.
 "네놈이 염부심이란 놈이더냐?"
 그때 꼬장꼬장하게 생긴 중년의 남성이 한 걸음을 내딛으며 격노한 음성을 내뱉었다.
 이 사내가 바로 삼합회 용관지부를 지휘하고 있는 주용탁이었다.
 그 키는 다소 작았지만, 떡 벌어진 어깨가 범인의 두 배쯤은 되어 보이는 아주 건장한 사내였다.
 "그대가 주용탁이란 자요?"
 대답은 않고 염부심이 되려 물었다.
 "그렇다. 내가 주용탁이다."
 "처음 뵙겠습니다. 본인은 철혈무가에서 온 염부심이라 합니다. 이렇게 만나게 되어 영광입니다."
 염부심이 상황에 어울리지 않는 포권을 취하며 인사를 건넸다.
 그 모습에 주용탁의 눈썹이 역팔자로 그려졌다.
 만면에 미소를 띠우고 있는 염부심에게 자신이 조롱을 당하고 있다고 느꼈던 까닭이다.
 하지만 주용탁은 염부심에게 그 어떤 역정도 낼 수가 없었다. 익히 소문을 통해 염부심의 무서움을 알고 있었기 때문이다.

'어찌 그 짧은 시간 동안에 이런 참상을 일으킬 수 있단 말인가!'

수하의 보고를 받고 곧바로 뛰쳐나왔지만, 주용탁은 지금의 상황을 도무지 믿을 수가 없었다.

더군다나 염화탁이 용관지부로 올 것이란 정보를 입수하고 만반의 준비를 하고 있던 상황이었는데.

"만나자마자 용관지부장의 목을 취해야 하니, 이거야 원! 하늘도 참 무심하지 않습니까."

놀란 주용탁을 향해 염부심이 나긋한 음성을 내뱉었다.

"놈! 그 방자함이 하늘을 찌르는구나!"

"어찌 이것이 방자함이라 할 수 있습니까. 더없이 나약한 그대가 감히 범접할 수 없는 나에게 언성을 높이는 것이야 말로 커다란 불경이자 방자함이 아니겠습니까."

"무, 무어라!"

염부심의 안하무인적인 말에, 주용탁의 얼굴이 순식간에 붉게 물들었다.

"내 죽더라도, 반드시 네놈의 주둥이를 찢어버릴 테다!"

"후후후, 그 실력으로 어찌 제 옷깃 하나라도 건드릴 수 있겠습니까. 만약 지부장께서 제 의복에 흠이라도 하나 낸다면 내 그 순간 조용히 물러나도록 하지요."

"놈……."

자존심이 상한 주용탁의 두 주먹이 부르르 떨렸다.

그런 그를 향해 염부심이 좌수를 들어 살짝살짝 까딱거렸다.
"오시지요. 내 선수를 양보하리다."
파팟!
주용탁이 더 이상 분을 참지 못하고, 염부심을 향해 달려들었다.
부아아앙―
거리를 좁힌 주용탁이 염부심의 목을 겨냥한 채 시커먼 거도를 거칠게 휘둘렀다.
스웃!
염부심이 뒷짐을 진 채 미끄러지듯 뒤로 물러서자 주용탁의 거도가 애꿎은 허공을 갈랐다.
그 순간 주용탁의 옆구리가 휜히 드러나자 염부심이 뒤로 물렸던 신형을 빠르게 전방으로 쏘아냈다.
퍼억!
"크으윽!"
염부심의 좌장에 옆구리를 그대로 강타당한 주용탁이 휘청거리며 뒷걸음질쳤다.
그런 그의 입에서 고통에 찬 신음성이 새어나왔다.
그 모습에 삼합회 용관지부의 정예들이 염부심을 향해 득달같이 달려들려 했다.
하지만 때를 같이하여 터진 주용탁의 일갈에 그들의 신형은 멈출 수밖에 없었다.

"멈춰라! 그 누구도 이 대결에 나서지 마라."

주용탁의 두 눈이 독기로 이글거렸다.

주용탁은 차라리 죽을지언정, 더 이상 무인의 자존심이 무너지는 것만큼은 용납할 수가 없었다.

짝짝—

"대단한 기백입니다."

염부심이 손뼉까지 쳐대며 감탄스런 표정을 지었다.

쫘드득—

주용탁이 손마디가 부러져라 자신의 거도를 재차 부여잡았다.

스윽—

주용탁이 염화탁과 일정 거리를 유지하며 신형을 조금씩 좌로 미끄러뜨렸다.

아마도 염부심의 빈틈을 노리려는 의도인 듯했다.

그러던 어느 순간.

타앗—

주용탁이 죽음을 각오한 표정으로 염부심을 향해 돌진했다.

부아앙—

주용탁의 거도가 일도양단의 기세로 염부심의 정수리를 향해 떨어졌다.

결코 무시할 수 없는 힘이 그의 거도에서 느껴졌다.

하지만 염부심의 표정엔 비릿한 미소만 감돌 뿐이었다.

주용탁의 기세와 힘이 강하다 하나 염부심의 두 눈에는 한

낮의 미풍에 불과했다.

더불어 그 속도 빠르다지만, 그 또한 갓 걸음마를 뗀 아기의 몸동작처럼 더디게만 보였다.

"후훗! 용관지부장의 거도가 천년바위마저 쪼갤 수 있다 하던데, 그 모든 소문이 허언인 듯합니다."

피잇!

주용탁의 공격을 기다리다 지쳤는지, 염부심이 신형을 쭉 미끄러뜨렸다.

그 속도가 얼마나 쾌속한지 한줄기 빛이 뻗혀나가는 듯한 착각이 일 정도였다.

그리고 번쩍이는 섬광이 그대로 주용탁의 목을 갈랐다.

스걱―

무언가 예리하게 잘리는 섬뜩한 음향이 울려 퍼짐과 동시에 무거운 정적이 찾아들었다.

"……"

놀란 두 눈을 부릅뜬 주용탁의 신형이 망부석이 된 듯 딱딱하게 굳어졌다.

그렇게 잠깐의 시간이 흐르자,

스으윽.

주용탁의 머리가 그의 목에서 미끄러져 내리며 땅 위로 툭 떨어졌다.

"지, 지부장님!"

그때서야 어찌 된 상황인지를 깨달은 용관지부의 무인들이 주용탁을 향해 달려들었다.

그런 그들의 두 눈이 슬픔과 분노가 범벅이 되어 활활 타올랐다.

"피를 싫어하는 자네가 어쩐 일로 목을 다 베었나?"

어느새 염부심 곁으로 다가온 구자정이 피 묻은 우수를 혀로 핥으며 입을 열었다.

"피를 너무 좋아하기에 아껴왔던 것뿐이다. 후후후……."

염부심의 입가에 섬뜩한 미소가 맺혔다.

그리고 그 미소가 사라짐과 동시에, 그의 신형이 용관지부의 무인들을 향해 쏘아졌다.

쐐애액—

섬전을 방불케 하는 갑작스런 염화탁의 공격에 한 무인이 놀라 뒤로 나자빠졌다.

그런 그의 목젖을 빠르게 스치고 지나는 염화탁의 검.

"……."

순간 무인은 자신의 목젖이 염화탁의 검 끝에 살짝 긁혔다 생각했다.

그래서 천만다행이라고 생각했건만.

주르르륵—

시뻘건 핏물이 왈칵 쏟아져 나와 순식간에 무인의 앞섶을 적셨다.

하지만 무인은 아무런 소리도 내지 못했다.

그저 부릅뜬 두 눈을 감지도 못하고 그대로 땅 위로 꼬꾸라졌던 것이다.

                *   *   *

 화려하고, 널따란 집무실의 문을 희끗한 중년인이 조심스럽게 넘어섰다.
 안으로 들어온 중년인이 업무에 열중인 나도진을 향해 깊은 읍을 해보였다.
 인영은 삼합회 본단에서 군사직을 수행하고 있는 윤철진이었다.
 "어서 오시오."
 나도진이 자리에서 일어나 윤철진을 향해 짧게 말했다.
 그렇게 업무를 잠시 중단한 나도진이 객을 맞이하는 탁자로 자리를 옮겼다.
 "회주, 용관지부까지 백도련의 무인들에 의해 무너졌다 합니다."
 "으음……."
 나도진이 고민에 빠진 척 무거운 한숨을 내쉬었다.
 이 모든 일을 주관한 사람이 바로 나도진이라는 사실을 윤철진은 결코 알 수 없었다.
 "차후 그들의 공격지가 어디라 예상하오?"
 나도진이 윤철진에게 물었다.
 하지만 군사인 윤철진으로서도 마땅한 대답을 내놓을 수가 없었다.
 백도련의 움직임이 워낙 불규칙적인 데다 공격시간 또한 뒤죽박죽이라 윤철진은 도무지 경로를 예상할 방법이 없었던 것이다.
 "죄송합니다. 그들의 공격 경로가 워낙 우리의 예상을 뒤엎는지라……. 어쨌든 중요한 사실은 이대로 당할 수만은 없다는 것입니다."
 "그럼 어쩌면 좋겠소?"
 나도진이 턱 끝을 매만지며 물었다.
 "그들에게 똑같이 돌려주어야 않겠습니까. 방어할 수 없다면 공격이 바로 최선의 방법인 듯싶습니다."
 "공격이 최선의 방법이라……. 으음……."
 나도진이 윤철진의 말을 되 뇌였다.
 그러다 다시금 입을 열었다.
 "얼마 전부터 그들의 공격 경로가 둘로 갈라졌다 하던데, 지부들이 받은 타격은 어느 정도요?"
 "한쪽은 백도련의 인물들로 구성된 무리로 심도학이 이끌고 있으며, 또 다른 한쪽은 염부심이 이끄는 철혈무가의 무인들로 구성된 무리입니다. 심도학 쪽에서 받은 타격은 그리 크지 않으나 염부심이 이끌고 있는 무리들에게서 공격을 받은 지부들은……."
 윤철진이 채 말을 잇지 못했다.
 그만큼 말을 꺼내기조차 민망할 정도로 지부들이 받은 타격이 어마어마했던 까닭이다.

염부심의 공격을 받은 삼합회 지부들 거의가 전멸에 가까운 타격을 입은 터였다. 고작 이삼십 명 정도로 이루어진 무리이지만, 그들이 휩쓸고 지나간 곳에는 어김없이 피바람이 불었고, 도륙이라 해도 과언이 아닐 정도의 끔찍한 피해를 입었다.

"그들의 손속이 얼마나 악랄한지……."

윤철진이 미간을 잔뜩 좁히곤 입을 열었다.

그들이라 함은 염부심과 그 정체를 알 수 없는 몇몇의 절대고수를 이르는 말이었다.

"회주, 하루라도 빨리 용단을 내리셔야 합니다. 이대로 가다간 자칫 씻을 수 없는 치욕을 당할까 두렵습니다."

윤철진이 목소리에 힘을 주어 말했다.

"치욕을 당하는 것이 그리도 무섭소?"

"회주, 그, 그야……."

나도진이 뜬금없이 묻자, 윤철진이 황당한 표정으로 말을 더듬었다.

그런 그에게 나도진이 낮은 음성으로 입을 열었다.

"백도련과 대화로 풀 수 있는 방법은 없는 것이오?"

"대화라니, 당치 않습니다."

나도진의 말에 윤철진이 강한 거부감을 드러냈다.

그리곤 이내 흥분하여 말을 이었다.

"백도련에게 대화를 청한다 함은 우리 쪽에서 먼저 패배를 시인하는 것입니다. 삼합회의 힘이 결코 저들에게 뒤지지 않거늘, 어찌 우리가 먼저 저들에게 고개를 숙일 수 있단 말입니까. 회주, 숙고하여주십시오."

"흐음……."

나도진이 가벼운 한숨을 내쉬었다.

그냥 한번 떠본 말에 윤철진이 저리도 흥분하니 나도진은 내심 만족하여 고개를 끄덕였다.

사실, 염부심에 의해 무너지는 지부들 대부분은 나도진에게 반감을 품은 곳들이었다.

나도진은 그들을 확실히 제거함으로써 삼합회의 힘을 자신에게로 집중시키고자 했다.

그런 후 삼합회를 천외천의 전진기지로 삼을 작정이었던 것이다.

그런데 대화라니.

이는 천외천이 십수 년을 공들여 온 일을 일시에 무너뜨리는 것과 하등 다를 바가 없는 일이었다.

'이제 철혈무가의 염화탁에게 반기를 든 백도련을 정리하는 일만 남은 것인가. 염부심이라, 생각보다 일을 처리하는 솜씨가 깔끔하구나.'

나도진이 내심 중얼거렸다.

그러던 그가 표정을 딱딱하게 굳히곤 윤철진을 향해 입을 열었다.

"군사의 말이 맞소. 내 그대에게 돌이킬 수 없는 커다란 실언을 했구려."

"실언이라니 당치 않습니다. 제가 그만 흥분하여……. 회주, 속하의 무례를 용서하십시오."

윤철진이 고개가 탁자에 닿을 만큼 숙여졌다.

"아니오. 어찌 그것이 무례란 말이오. 삼합회를 생각하는 충심에서 나온 말이거늘."

"회주, 송구하옵니다."

한 번 숙여진 윤철진의 고개는 쉽사리 들려지지 않았다.

그런 그를 향해 나도진이 마침내 마음을 굳힌 듯 위엄이 가득한 음성을 내뱉었다.

"칠각주들을 소집하시오."

"회주!"

순간 윤철진이 고개를 바짝 들곤 나도진의 얼굴을 빤히 바라봤다.

그런 그의 두 눈동자가 반짝 빛났다.

삼합회의 전투부대인 칠각주의 수뇌들을 소집한다 함은 백도련을 향한 공격을 의미했다.

"내 직접 그들을 이끌고 나가 삼합회의 무서움을 보여줄 것이오."

나도진의 두 눈이 이글이글 타오르는 듯했다.

그 모습에, 윤철진의 가슴에서 삼합회를 향한 진한 자부심이 무럭무럭 피어올랐다.

그 시각.

철혈무가의 중전에서는 간만에 웃음꽃이 피었다.

염부심이 소수의 무인들을 이끌고 삼합회의 지부들을 질풍처럼 무너뜨리고 있다는 소식에, 염화탁은 물론이고 음서서의 입아귀가 귀까지 닿았던 것이다.

"걱정이 이만저만이 아니었는데……. 상공, 이 기쁨을 대체 어찌 표현해야 한답니까."

음서서의 눈가에 눈물이 어리는 듯했다.

그만큼 그녀는 염부심에 대한 벅찬 기쁨을 감당할 길이 없었다.

"허허! 그저 부심이가 대견할 뿐이오."

기쁘기는 염화탁 또한 마찬가지였다.

하지만 음서서와 달리 그의 표정 한편에는 어두운 그림자가 드리웠다.

그 이유는 염부심이 이끄는 무리들의 잔혹성 때문이었다.

생사가 달린 싸움에서 불필요한 살상을 구분한다는 자체가 우습지만, 백도련은 엄연한 정파의 길을 걷는 조직이었다.

어쩔 수 없이 살상을 할 수밖에 없더라도, 그 손속에 온정을 담는 것이 도리라 여기는 자들이 바로 정파에 소속된 사람들이었다.

그런데 염부심의 무리들이 지나쳐간 곳은 그야말로 초토화란 말이 무색할 정도로 끔찍한 참상이 어김없이 일어났던 것이다.
 그것을 두고 백도련 내에서 의견이 분분했다.
 몇몇 이들은 그 소식을 접하자마자 백도련의 얼굴에 먹칠을 했다고 길길이 날뛰었고, 또 어떤 이들은 지금 당장 염부심을 불러 들여야 한다고 목청을 높였다. 하지만 대부분의 사람들은 염화탁의 눈치를 보며, 염부심의 행동이 정당하다고 주장하기 바빴다.
 그 사실을 모를 리 없는 염화탁으로서는 가슴 한편이 답답할 수밖에 없었다.
 삼합회의 무리들을 무릎 꿇리는 염부심의 모습에 절로 기쁨이 솟구치다가도, 괜히 가슴이 무거워지는 까닭이 바로 여기에 있었던 것이다.
 "상공, 갑자기 왜 그러십니까?"
 음서서가 갑자기 표정을 굳힌 염화탁의 모습에 의아함을 느끼고 물었다.
 "아, 아니오. 그나저나 요즘 적 소협이 보이지 않던데……. 무슨 일이 있는 것이오?"
 염화탁이 화제를 돌리며 물었다.
 "저 또한 그것이 궁금한데……. 도무지 그 연유를 알 길이 없습니다. 부심이라도 있다면 알 수 있을 텐데, 부심이도 자리를 비운 상태이니……."
 음서서 또한 궁금하기는 마찬가지였다.
 분명 염부심이 돌아올 때까지는 본가에 머물 것이라 했었는데, 아무런 기별도 없이 어느 날 갑자기 적여립이 사라졌기 때문이다.

"무슨 급한 일이 있겠지요. 그나저나 삼합회의 움직임이 어떻다 합니까?"

음서서가 이내 궁금증을 떨쳐내며 입을 열었다.

"지금은 조용하지만, 조만간 행동을 취하지 않겠소?"

"그렇다면 이 정도에서 부심이를 불러들이는 것이 어떻겠습니까?"

"안 그래도 그럴까 생각 중에 있소."

같은 결론이었지만, 염화탁과 음서서의 생각은 전혀 상반된 것이었다.

음서서는 염부심의 안위가 걱정되어 한 말이었고, 염화탁은 백도련 내에 퍼진 염부심에 대한 부정적인 소문이 두려웠던 것이다.

"상공……"

음서서가 나긋나긋한 음성으로 염화탁을 불렀다.

"왜 그러시오."

"이시백과 정검문 일대제자들에 대한 소식은 어떻습니까?"

조심스러울 수밖에 없는 질문이었다.

하지만 궁금증을 참을 수 없었기에, 음서서 참다 참다 결국 입을 열었다.

"중원을 뒤진다 하던데……. 너무 걱정은 마시오. 별 탈은 없을 것이니."
 "예……. 상공."
 음서서가 고분고분 대답했다.
 자세한 대답을 듣고 싶었지만, 더 이상 그에 대한 질문을 던질 자신이 없었던 것이다.

第十一章 돌아온 괴한

수호무사

희미한 등불이 어둠을 밝히는 월하정 지하에는 무거운 정적만 감돌고 있었다.
얼마의 시간이 흘렀을까.
적여립은 이곳에서 머물러 있었던 시간을 도무지 헤아릴 수가 없었다.
지금 이 순간이 낮인지, 밤인지조차 구별을 할 수 없을진대 그가 어찌 지나간 시간을 짐작이나 할 수 있겠는가.
탈출을 감행할 수도 없었다.
사지가 쇠사슬로 결박이 되어 있어 움직임도 원활하지 않았다.
이럴 바엔 혀라도 깨물고 죽고 싶지만 입에 물려진 재갈 때문에 자실은 아예 꿈도 꿀 수 없었다.
 '하아⋯⋯. 이런 몰골의 내가 어찌 천외천의 대공자라 할 수 있겠는가!'
 적여립이 내심 한탄을 터뜨렸다.
 그러던 어느 때였다.
 월하정 지하의 문이 삐꺽 열리며 몇몇의 인영이 들어섰다.
 "⋯⋯!"
 순간 적여립의 눈매가 가늘어졌다.
 그런 그의 귓속으로 한참을 듣지 못했던 낯익은 음성이 파고 들었다.
 "편안하셨소?"
 윤이 짤막하게 적여립의 안위를 물었다.
 하지만 재갈이 물린 적여립은 아무런 대답도 할 수가 없었다.
 그저 다가서는 윤을 향해 살기어린 눈빛만 흩뿌릴 뿐이었다.
 툭—
 윤이 적여립 목뒤로 손을 옮겨 물린 재갈을 풀어주었다.
 "노옴! 네놈이 아무리 발악한다 한들, 나의 입이 열릴 것 같더냐?"
 적여립이 독기가 철철 넘치는 음성으로 으르렁거렸다.
 하지만 눈 하나 깜짝 않는 윤이었다.
 "두려워하는군요."

흔들리는 적여립의 두 눈을 바라보며 윤이 짧게 말을 했다.
"미친놈. 무슨 헛소리야!"
적여립이 내심을 감추며 강하게 부정했다.
하지만 윤은 지금 이 순간 적여립의 마음을 정확히 꿰뚫고 있었다.
"그대의 두 눈이 그렇게 말을 하는군요."
"두렵다고? 흥! 내 무엇이 아쉬워 네놈을 두려워한단 말이냐? 비겁한 수작 부리지 말고, 어서 죽이지 못할까!"
적여립의 입에서 악에 받힌 음성이 터져 나왔다.
하지만 악을 지르면 지를수록 적여립의 두 눈동자는 점점 더 심하게 흔들렸다.
저편에 서 있는 복면인의 정체가 그의 마음을 무겁게 짓눌렀던 까닭이다.
복면인의 두 팔은 뒤로 묶여 있었다.
그것도 모자라 무릎 위 두 허벅지마저 결박을 당한 모습이었다.
그런 복면인이 기이한 신음성을 흘리고 있었다.
무슨 말을 외치고 있는 것 같은데, 아무래도 재갈이 물려진 듯 보였다.
'여하더냐?'
적여립은 한눈에 복면인이 적여하란 사실을 알 수 있었다.
그 숨결만으로도, 그 기운만으로도 느낄 수 있건만.
아무리 그 얼굴이 가려졌다 하나 적여립이 적여하를 모를

리 만무했다.

"궁금하오?"

윤이 짧게 물었다.

적여립이 그 의미를 모를 리 없었다.

"……"

아무런 대꾸도 하지 않는 적여립.

그저 그가 할 수 있는 일이라곤 어금니를 꽉 물고, 두 주먹을 부르르 떠는 것뿐이었다.

"하마터면 내가 죽을 뻔했던 상황이었소. 하늘이 도와 이렇게 다시 볼 수 있었던 거지요. 그리고 약속대로 그대의 동생도 이렇게 데려올 수도 있었고."

말을 마친 윤이 어둠 속의 한 사내와 눈빛을 교환했다.

그는 다름 아닌 은영삼주 원치경이었다.

저벅.

점혈을 당한 적여하가 그 흔한 반항 한번 못한 채 원치경의 이끄는 대로 힘없이 걸음을 옮겼다.

스으윽—

벗겨지는 복면과 서서히 드러나는 적여하의 얼굴.

그 모습에 적여립의 두 눈이 순식간에 시뻘겋게 달아올랐다.

"네놈을 용서치 않을 것이다. 내 네놈을 용서치 않을 것이란 말이다!"

윤을 노려보는 적여립의 두 눈이 뜨겁게 이글거렸다.

그런 그의 두 볼로 분노로 가득 찬 피눈물이 줄줄 흘러내렸다.
"다시 제안을 하겠소."
윤의 음성은 시종일관 담담했다.
내키지 않는 일이지만, 이미 시작된 일이었기에 끝을 맺어야만 했다.
비겁하고 악랄한 행동이었지만, 윤으로서는 달리 선택할 방법이 없었다.
"대답만 해줄 것이라 약속을 한다면, 그대의 동생은 살아서 이곳을 떠날 수 있을 것이오."
"이, 이, 이……."
적여립의 입술이 부들부들 떨렸다.
"하지만 만약 그대가 나의 제안을 거절한다면, 차후의 방법을 동원할 것이오."
"네놈이 의도대로 나 적여립이 그렇게 호락호락 움직일 것 같더냐? 흐흐흐."
반쯤 실성을 한 모습으로 적여립이 희멀건 이를 드러내며 기외한 웃음을 흘렸다.
"당신이 보는 앞에서 그대의 동생의 사지를 하나씩, 하나씩 차례로 자를 것이오. 그리고 마지막으로 그 머리를 자를 생각이오."
섬뜩하기 그지없는 말이거늘, 윤은 눈 하나 깜짝 않고 아무렇지도 않게 말을 했다.

"내 어떻게 천외천의 대공자 자리에 올랐는지, 네놈이 알 턱이 없겠지. 내가 그깟 위협에 넘어갈 것처럼 보이더냐? 네놈이 감히 천외천의 대공자인 나를 능멸을 하려 드느냔 말이다!"

적여립이 단단한 고집이 묻어나는 음성으로 말을 했다.

"그대에게 있어서나, 나에게 있어서나, 기회는 오직 다섯 번뿐이오."

윤은 오직 자신의 말만 이어갈 뿐이었다.

"반 시진의 시간을 드리지요. 그 시각 안에 첫 번째 제안에 대한 답변을 결정해야 할 것이오."

말을 마친 윤이 신형을 돌려세웠다.

그 후 정확히 반 시진 후에 윤은 다시 돌아왔다.

예상을 깨고 먼저 입을 연 자는 적여립이었다.

"동생을 살려준다는 네놈의 말을 내 어찌 믿을 수 있다는 말이냐?"

그토록 발악을 하던 적여립이었지만, 반 시진 만에 그의 음성이 수그러들었다.

그만큼 적여립은 이 세상에 단 하나뿐인 동생을 사랑하고 있었다.

"그건 그대의 마음에 달린 일이오. 내가 진심을 말한다 하여 진심이 될 수 없고, 거짓을 말한다 하여 거짓이 될 수 없는 것이 지금의 상황이오."

옳은 말이었다.

지금의 현실에서 윤의 약속을 증명할 방법은 그 어디에도 없었던 것이다.
"나의 약속은 지켜질 것이오. 물론 그대 또한 진실을 말해야 할 것이오."
윤이 적여립의 두 눈을 똑바로 바라보며 말을 했다.
"……."
서로의 눈빛에서 상대의 진심을 읽으려는 듯, 그 누구도 시선을 피하지 않았다.

* * *

건유운이 자리를 비우고, 얼마 지나지 않아 유운객잔의 하루는 조금씩 변하기 시작했다.
손님의 발길이 좀 끊기는가 싶더니, 한 달이 조금 지난 뒤부터는 끊기는 손님의 수가 피부에 와 닿을 정도로 하루가 다르게 급감했던 것이다.
건유운의 공백이 이리도 컸던 것일까.
유운객잔 식솔의 한숨은 날로 깊어만 갔고, 의욕마저 점점 떨어지기 시작했다.
그렇게 주변의 객잔과 주루에 반 이상의 단골을 빼앗긴 유운객잔을 조금씩 변화를 시킨 인물이 있었으니, 그는 다름 아닌 점소이 노송이었다.
노송은 손님이 줄어들면 들수록 더욱 열심히 바닥을 쓸고

닦았다.

 그리고 식솔들이 손님이 줄어 한숨을 쉴 때, 그는 더욱 크게 웃음을 터뜨렸다.

 그 누구보다 더 일찍 일어나 주루 안과 밖을 정리했고, 남들이 모두 잠자리에 들 때까지 주루를 떠나지 않았다.

 그런 노송의 모습에 감동을 받은 유운객잔 식솔들 또한 조금씩 변하기 시작했다.

 그리고 얼마 가지 않아 모든 식솔들이 노송과 한 몸이 되어 움직이기 시작했다.

 그 결과 놀라운 변화가 일어났다.

 하나둘 떠났던 단골들이 다시금 유운객잔을 찾았고, 반년이 조금 넘어갈 때쯤에는, 비록 예전만큼은 아니지만 잃었던 수많은 손님들의 발길을 되돌릴 수 있었다.

 그리고 건유운이 돌아온 지금의 유운객잔은 그야말로 지금껏 없던 성세를 누리고 있었던 것이다.

 바랬던 것은 아니지만, 어쨌건 건유운이 돌아온 후, 특급 승진을 한 노송이 주루의 곳곳을 정신없이 뛰어다녔다.

 그런 그의 얼굴에서 피곤한 기색은 도저히 찾아볼 수가 없었다.

 건유운이 그 모습을 멀찍이 떨어진 이 층의 한 장소에서 흐뭇하게 바라봤다.

 "참 부지런한 아이입니다."

건유운의 부름을 받고 온 노적위가 건유운의 곁으로 다가서서 입을 열었다.

"부지런하다 뿐인가. 더없이 착한 아이이며, 그 책임감 또한 무척 강한 아이이다."

친자식을 바라보듯, 건유운의 표정에 무한한 정이 묻어 있었다.

그러던 그가 시선을 돌려 노적위에게 물었다.

"아가씨께서는?"

"서책을 읽고 계십니다."

"많이 힘드실 텐데……. 내색 한번 안 하시는구나."

건유운의 표정에 안타까움이 어렸다.

그러던 그가 낯빛을 진지하게 굳히곤 입을 열었다.

"영주께서 전갈을 보내셨다."

"영주께서는 무탈하신 것입니까?"

노적위가 걱정 가득한 음성으로 묻자 건유운이 가볍게 고개를 끄덕였다.

"아직도 이해를 할 수가 없습니다."

"무엇을 말인가?"

건유운이 짧게 물었다.

"어찌 영주의 발길을 막지 않으신 것입니까?"

윤의 안위라면 죽음의 불길도 마다하지 않을 것 같던 건유운인데, 그런 그가 윤이 철혈무가로 홀로 돌아가는 것을 묵인한 점이 노적위는 늘 의문이었다.

"은영삼주께서 명하신 일이었다."
"으, 은영삼주께서 드디어 모습을 드러내신 것입니까?"
노적위가 깜짝 놀라 두 눈을 동그랗게 떴다.
"그렇다."
건유운이 짧게 대답했다.
그리곤 이내 입을 열었다.
"너도 익히 들어 알 것이다."
"무엇을 말입니까?"
노적위가 여전히 놀란 얼굴로 물었다.
"대막의 흑풍살혼."
"그들은 왜?"
"그들을 이끌고 있는 살혼도. 그분이 바로 본 문의 은영삼주이시다."
"하아……."
꿈에서도 상상할 수 없었던 이야기를 들어서일까.
노적위의 입에서 절로 신음성이 새어나왔다.
"영주께서 전하신 전갈의 내용이 무엇입니까?"
이내 평정심을 되찾은 노적위가 궁금한 듯 물었다.
"적여립의 입을 결국 여셨다더군."
"그 말이 정말입니까?"
또 한 번 놀란 노적이가 믿지 못하겠다는 표정으로 입을 열었다.
그에 건유운이 고개를 가만히 끄덕였다.

사실 건유운도 전갈을 처음 펼쳤을 땐 도무지 그 내용을 믿을 수가 없었다.

하지만 전갈의 내용이 거짓일 리는 없었다.

"적위, 지금 즉시 천문으로 떠날 채비를 해라. 그리고 천문에 도착하는 대로 중원에 퍼져 있는 모든 은영에게 집결의 밀서를 전해라."

건유운의 의미심장한 눈빛으로 입을 열었다.

"은영들의 집결이 끝나는 즉시, 나에게 전서구를 띄어야 할 것이다."

"적위, 은영사주의 명을 받습니다."

노적위가 절도있는 음성을 내뱉었다.

묻고 싶은 말은 많았지만 명령이 떨어진 이상, 노적위는 더 이상 입을 열 수가 없었다.

그런데 그때였다.

노적위가 벼락을 맞은 듯 표정을 딱딱하게 굳혔다.

그런 그의 떨리는 두 눈동자가 주루의 문을 향해 고정이 된 채 움직일 줄을 몰랐다.

"……."

건유운의 고개가 노적위의 시선을 따라 자연스럽게 돌려졌다.

그런 그의 표정 또한 이내 노적위처럼 딱딱하게 굳어졌다.

"……!"

건유운과 노적위의 시선을 사로잡은 것은 다름 아닌 챙이

넓은 죽립을 푹 눌러쓴 한 사내였다.
 그 사내가 유운객잔에 발을 들이기 무섭게, 이 층의 한 내실의 창가를 쳐다봤다.
 그곳은 건유운과 노적위가 대화를 나누고 있는 장소였다.
 "……."
 사내의 시선을 받은 건유운과 노적위.
 그들이 놀란 두 눈을 동시에 부릅뜨곤 내심 중얼거렸다.
 '부, 부영주…….'
 죽립을 눌러쓴 사내는 천문의 부영주 곽한이었다.
 아무리 찾아도 그 종적을 찾을 길이 없던 곽한이 마침내 그 모습을 드러냈던 것이다.
 "제가 자리를 안내해 드리겠습니다. 손님!"
 매끈하게 생긴 한 점소이가 주루의 입구에 우뚝 서 있는 곽한에게로 쏜살같이 달려가 공손한 음성으로 말을 했다.
 그에 곽한이 그를 따라 천천히 걸음을 옮기다 짧게 입을 열었다.
 "이보게."
 "예, 손님."
 점소이가 곽한의 말이 떨어지기 무섭게 신형을 돌려세웠다.
 "혹시 남는 객실 하나 있는가?"
 "물론입지요, 손님."
 점소이가 당연하다는 듯 말을 했다.
 그때 점소이의 등 뒤에서 낯익은 음성이 들려왔다.

"반아, 주루의 일이 바쁘니 손님은 내가 안내를 하마."
"어! 객잔주님."
"괜찮으니 가서 일을 보거라."
건유운의 말에, 점소이가 허리를 깊이 숙이곤 이내 자리를 벗어났다.
"후후후……."
건유운을 바라보는 곽한의 입가에 잔잔한 미소가 걸렸다.
"고생이 많았겠구나."
곽한이 짧게 입을 열었다.
"……."
건유운이 아무런 대꾸 없이 곽한을 향해 허리를 깊이 숙이곤 이내 입을 열었다.
"모시겠습니다."

『수호무사』 제5권에 계속…

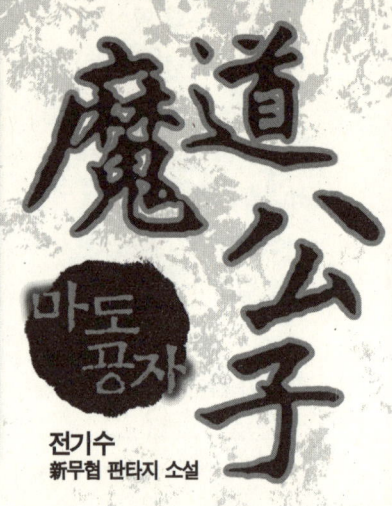

전기수
新무협 판타지 소설

2011년 새해 청어람이 자신있게 추천하는 신무협!

봉마곡에 갇힌 세 마두. 검마, 마의, 독마군.
몇십 년 동안 으르렁대며 살던 그들에게 눈 오는 아침, 하늘은 한 아이를 내려준다.

육아에는 무식한 세 마두에 의해
백호의 젖을 빨고 온갖 기를 주입당하면서 무럭무럭 성장한 마설천!

세 마두의 손에서 자라난 한 아이로 인해 이변이 일어나고,
파란이 생기고, 이윽고 강호에 새로운 바람이 불어온다!

마도를 뛰어넘어 천하를 호령할
마설천의 유쾌한 무림 소요기!

임준후 新무협 판타지 소설

「철혈무정로」, 「천애검엽전」의 작가 임준후!
그가 태산처럼 거대한 남자의 이야기로 돌아왔다!

"네가 좋아하는 방식대로 살 거라.
지금까지처럼 마음이 가고 몸이 가는 대로."

스승이 남긴 말을 가슴에 새기고 중원으로 나온 강산하.
고향으로 향하는 귀로에 하나둘씩 인연이 모여들고
어느새 그의 걸음마다 무림의 판도가 바뀌기 시작한다.

태산처럼 굳세게
산들바람처럼 유유자적하게
흔들리지 않고 울굴게 자신의 길을 걸어간
괴협 철산대공 강산하의 가슴 묵직한 일대기!

Book Publishing CHUNGEORAM

 유행이 아닌 자유추구 -
WWW.chungeoram.com

용호객잔
龍虎客棧

설경구 新무협 판타지 소설

낙양 변두리에 위치한 허름한 용호객잔.
폐업 직전까지 몰렸던 용호객잔에 복덩이,
천유강이 저절로 굴러 들어왔다.
그런데… 이 객잔 좀 수상하다?

독문병기는 낡은 주판, 중원상왕을 꿈꾸는 객잔주인, 용사등.
독문병기는 마른 걸레, 끔찍이 못생긴 점소이, 용팔.
독문병기는 식칼, 긴 독수공방 끝에 요리와 혼인한 숙수, 장유걸.
독문병기는 이 빠진 도끼, 사연 많은 남장여인, 문우령.
독문병기는 얼굴, 기억을 잃어버린 절세미남 신입 점소이, 천유강.

"중원의 상왕이 되리라!"

현실감각이라고는 찾아보기 힘든
용사등의 허황된 선언이 천하를 혼란에 빠뜨린다.
바람 잘 날 없는 용호객잔의 평범한(?) 일상에
중원의 이목이 집중된다.

Book Publishing CHUNGEORAM
- 유행이 아닌 자유추구 -
WWW.chungeoram.com

Unterbaum
GOD BREAKER
운터바움
신들의 파괴자

이상혁 판타지 장편 소설

**나를 새기할 자, 그를 다스리는 한 권의 책.
찾아 읽으라. 그리하지 않으면 나는 불타리.**

세계의 근거, 그 자체인 거대한 나무, 바움.
그 아래에서 살아가는 생명들의 세상, 운터바움.
윈델은 신탁에 따라 바움을 파괴할 책을 찾아 떠나고
맨 처음 그의 손이 책에 닿는 순간 운명이 격변한다.

십 년을 모신 주인이자 친구, 세베리아를 비롯
세상 모든 것이 자신의 존재를 잊어버린 상황에서
윈델은 존재의 증명을 위하여 운명과 싸우기 시작한다!

나무의 파괴자 '엠베르크' 란 무엇인가?
모두가 잊어버린 '나' 는 대체 누구인가?

「데로드 앤드 데블랑」, 「카르마 마스터」의 뒤를 잇는
이상혁 작가의 정통 판타지 대작!

「운터바움-신들의 파괴자」!

Book Publishing CHUNGEORAM

유행이 아닌 자유추구 -
WWW.chungeoram.com

守護武士
수호무사

각사 新무협 판타지 소설

소년은 오직 소녀를 위하여 검을 들었다
가슴에 담긴 지키고자 하는 뜨거운 열망.

"이제는 지킬 것이다."

단 하나 남은 소중한 인연, 무유화를 지키려
악의에 휩싸인 무림을 수호하기 위하여
윤, 세상에 서다!

그의 용혈검이 떨치는 무상류와 구천류가
모든 악을 쓸어내리라!

지키는 자!
수호무사 윤, 그를 기억하라.

Book Publishing CHUNGEORAM

WWW.chungeoram.com